KB111432

실용 글쓰기 정석

실용 글쓰기 정석

초판 1쇄 발행 2017년 03월 27일

지 은 이 황성근
펴 낸 이 박상진

편   집 김제형
디 자 인 박아영
관   리 황지원
제   작 오윤제

펴 낸 곳 진성북스
출판등록 2011년 9월 23일
주   소 서울특별시 강남구 영동대로 85길 38 진성빌딩 10층
전   화 (02)3452-7762
팩   스 (02)3452-7761
홈페이지 www.jinsungbooks.com

ISBN 978-89-97743-34-6 03800

※ 진성북스는 여러분의 원고 투고를 환영합니다.
   책으로 엮기를 원하는 좋은 아이디어가 있으신 분은
   이메일(jinsungbooks12@gmail.com)로
   간단한 개요와 취지, 연락처 등을 보내 주십시오.
   당사의 출판 컨셉에 적합한 원고는 적극적으로 책으로 만들어 드리겠습니다!

※ 진성북스는 네이버 카페에 회원으로 가입하시는 분들에게
   다양한 이벤트와 혜택을 드리고 있습니다.
   • **진성북스 공식 카페 http://cafe.naver.com/jinsungbooks**

실용 글쓰기 정석

황성근 지음

글쓰기의 필요성이 사회 전반적으로 확산되고 있다. 글쓰기는 원하는 사람만 하는 것이 아니라 인생을 살아가면서 누구든지 해야 하며 어떤 생각을 하고 어떤 일을 하든 하루에도 수없이 실행해야 하는 작업이다.

현재 글쓰기에 대한 관심과 중요성을 뼈저리게 느끼지만 글을 어떻게 써야 하는지 의문을 갖는 경우가 많다. "그냥 하면 되겠지", "아무렇게나 하면 되지 않을까?"라고 생각하면서도 막상 실행하려면 작지 않은 난관에 부딪친다. "왜 이렇게 어려워?", "어떤 것이 훌륭한 글쓰기지?" 등등 고민하기 마련이다.

글쓰기 관련서적을 보고 강좌를 들어도 소용없다. 글쓰기는 개선되지 않고 더 어렵게만 느껴진다. 골치만 아프고 뚜렷한 해결책도 없는 힘든 작업이라는 딱지까지 쉽게 붙는다. 잘하려고 아무리 노력해도 마땅한 해결책은 안보이고 더 난감한 처지에 놓이다

보면 무기력해지고 글쓰기는 아예 젬병이라는 푸념 아닌 푸념만 늘어놓고 포기하고 만다.

글쓰기는 원리를 알면 쉽게 해결된다. 지나치게 어려운 것도 아니고 일상 원리를 접목시키면 누구나 쉽게 잘할 수 있다. 글쓰기가 어려운 것은 이론에 너무 의존하기 때문이다. 글쓰기는 흔히 반드시 알아야 한다고 생각하는 이론으로 접근하는 것이 아니다. 이론적으로 접근하면 더 어렵고 작지 않은 난관에 부딪친다. 그리고 즐거움이 아닌 고통과 고역으로 다가온다. 글쓰기 이론이 실제로 적용되지 않을 뿐만 아니라 탁상이론에 그치는 경우도 적잖다.

이 책은 글쓰기에 관심 있고 잘하고 싶어 하는 사람들을 위해 쓰였다. 글쓰기에 대해 한 번쯤 고민한 적이 있지만 뚜렷한 해결책을 찾지 못한 사람들이 대상이다. 또한 지금까지 자주 언급되고 무조건 수용되는 기존 이론은 아예 무시했다. 아니, 기존 이론조차 염두에 두지 않았다. 실제 글쓰기에 꼭 필요하고 반드시 알아야 할 내용만 담았다. 내용을 외울 필요도 없고 소설 읽듯이 바로 이해되는 과정에서 원리를 터득하도록 심혈을 기울였다.

이 책은 먼저 근원적인 접근에서 출발했다.
- 글쓰기란 과연 무엇인가
- 글쓰기를 잘하려면 무엇을 해야 하는가
- 글쓰기를 잘하려면 어떻게 해야 하는가

- 실제 글쓰기 할 때 원리를 어떻게 적용하는가

글쓰기에 대한 기본 질문에서 시작해 글쓰기 방법론을 일상 원리로 풀어냈다. 그리고 글쓰기를 잘하기 위해 어떤 부분을 갖추고 어떤 원리를 적용해 어떻게 실천해야 하는지에 대해 실천적이고 구체적으로 담아냈다.

이 책의 특징은 다음과 같다.
- 기본 원리를 제공한다.
- 과연 글쓰기란 무엇이며 어떻게 글을 써야 하는지 알려준다.
- 잘할 수 있는 방법을 알려준다.
- 논리적이고 설득적으로 하는 방법을 제시한다.
- 남들보다 창의적이고 독창적인 글을 쓰는 방법을 알려준다.
- 문장을 전개하고 단어를 선택하는 방법을 제시한다.

이 책을 집필하기까지 적잖은 시간이 소요되었다. 그동안 대중적인 글쓰기의 원형인 미디어 글쓰기는 물론 직장인 업무용 비즈니스 글쓰기, 학술적 글쓰기 단행본을 출간했지만 일반 글쓰기, 즉 근원적인 글쓰기 집필은 쉽지 않았다. 이론적인 접근이 아닌 원리적인 접근이 만만찮았고 기존 단행본과 완전히 다른 뭔가를 제공해야겠다고 많이 생각했다.

그리고 이 책을 통해 한 가지 유형만의 글이 아닌 다양한 유형의 글쓰기 토대 마련을 위해 많이 고민했다. 7년의 시간이 흘렀고 대학과 사회에서 15년 이상 글쓰기 분야를 교육, 연구한 결과를 토대로 실질적이고 원리적인 글쓰기 단행본을 생산할 수 있었다.

글쓰기에 대해 깊이 고민하고 그 방법을 찾지 못해 헤매는 사람들에게 진정 권하고 싶다. 이론보다 정말 글쓰기를 잘하고 싶고 한 가지가 아닌 다양한 유형의 글쓰기를 잘하고 싶어 하는 사람들에게 기꺼이 필독을 권한다. 이 책이 출간되기까지 주변에서 도와주신 진성과학과 지인들에게 고마움을 전한다.

2017년 3월

\ 차례 \

Part 2

재료를 어떻게 찾을 것인가

Part 3

좋은 글은 어떻게 구성하는가

Part 4

실전 글쓰기

Part 5

제대로 된 글인지 점검하는 법

Part 6

어떻게 글을 마무리 할 것인가

Part 1

글쓰기란
무엇인가

" 우선 글쓰기가 무엇인지에 대해 정확히 알아야 한다.

글쓰기의 근원을 파악하면 어떻게 글을 써야 하는지 알

수 있다. 그리고 어떤 부분이 요구되고 잘하기 위해 무엇이

필요하고 어떻게 접근해야 하는지 확인할 수 있다. "

글쓰기가 무엇인지 파악하라

일반적으로 글쓰기가 무엇인지에 대해 깊이 고민하지 않는다. 일상적으로 누구나 쉽게 글을 쓸 수 있다고 생각한다. 하루에도 수십 번 문자를 주고받고 메일을 쓰지만 그때마다 "글쓰기가 뭐지?"라고 생각하지 않는다.

글쓰기에 대한 고민은 뭔가 그럴듯한 글을 요구할 때다. 평소 "뭐 그리 대단한 것인가?"라고 생각하면서도 특정 주제에 대해 써보라고 하면 그때부터 생각이 달라진다. "왜 이리 어려울까?", "어떻게 글을 쓸 수 있지?" 고민하다가 나중에는 "어떻게 쓰지?", "나는 잘 쓸 수 없는데.", "엄청 어려운 거 아냐?" 등의 푸념을 늘어놓는다.

일부는 고민을 거듭하다가 글쓰기 자체를 생각하기조차 싫어한다. 여기에는 기본적으로 글쓰기가 쉽지 않다는 점과 어떻게 써야 하는지 잘 모른다는 점이 전제된다. 하지만 조금만 고민한다면 글 쓰는 법을 어렵잖게 알 수 있다.

글쓰기에서 우선 고려할 것은 "과연 글쓰기란 무엇인가?"라는 점이다. 글쓰기에 대한 정의는 학자들마다 다르고 적용하는 기준에 따라 다르다. 학문적으로 접근하면 필자와 독자의 생각을 공유하기 위한 소통 수단이나 자신의 생각이나 의견을 문자로 표현해놓은 것으로도 정의된다. 물론 사전적으로도 "생각이나 사실 등을 글로 표현하는 행위"로 정의된다.

하지만 글쓰기 행위 자체에 초점을 맞출 필요가 있다. 글쓰기에 대해 학문적으로 연구, 탐구한다면 학술적 접근이 필요하지만 잘할 수 있는 방법에 초점을 맞추면 그 행위에서의 글쓰기가 과연 무엇인지에 대해 정확히 알고 접근해야 한다.

주변 대상에 대한 접근법에 따라 근본적인 관점이 달라진다. 행위적으로 접근해야만 과연 글쓰기가 무엇이고 어떻게 해야 하는지 분명히 알 수 있다. 또한 그 방법도 어렵잖게 터득할 수 있다.

● ● ● 언어활동의 하나다

인간은 기본적으로 언어활동을 한다. 언어활동은 말과 글로 표현하고 이해하는 행동을 말한다. 인간의 언어활동은 인간의 다른 동물과의 차이를 드러내는 부분이며 크게 듣기와 말하기, 읽기와 쓰기가 있다. 인간은 태어나면서 듣기부터 시작해 말하기, 읽기, 쓰기 순으로 언어활동을 진행한다. 어린 아이를 보면 쉽게 알 수 있다. 아이가 태어나 맨 먼저 하는 언어활동은 듣기다. 그리고 말하기를 한다. 학교에 입학할 나이가 되면 읽고 쓰기를 한다.

언어활동에서 듣기와 말하기는 문자를 몰라도 가능하지만 읽기와 쓰기는 문자를 알아야만 가능하다. 결국 듣기와 말하기는 음성언어를 통한 언어활동이고 읽기와 쓰기는 문자언어를 통한 언어활동이다. 듣기와 말하기, 읽기와 쓰기의 언어활동이 순차적으로 진행되지만 4가지 언어활동이 본격적으로 진행된 후, 동시 다발적으로 행해진다. 개인 상황이나 필요에 따라 4가지 언어활동 중 하나만 행할 수도 있고 4가지 모두 동시에 행할 수도 있다.

물론 듣기와 읽기는 수동적 언어활동이고 말하기와 쓰기는 능동적 언어활동이라고 한다. 수동적 언어활동은 행위자 스스로 움직이지 않고 다른 것을 받아들이는 행위이며 능동적 언어활동은 행위자 스스로 움직이며 전달하는 행위다. 글쓰기는 바로 행위자 스스로 움직이며 목적을 달성하는 행위다.

그렇다면 말하기와 쓰기에서 어느 언어활동이 더 어려울까? 개인차는 있지만 글쓰기가 말하기보다 어려울 수 있다. 특히 메시지 전달 측면에서 보면 글쓰기가 말하기보다 더 논리적이고 체계적이어야 한다.

우선 이론적으로 접근하면 말하기는 화자와 청자가 동일 공간에 존재하고 언어활동 상황도 설정되어 있다. 화자와 청자가 동일 공간에 존재한다는 것은 화자가 비논리적으로 말하더라도 청자가 화자의 메시지를 정확히 수용할 수 있는 여건이 마련된다. 청자가 화자의 메시지를 정확히 알지 못하면 청자는 즉석에서 질문함으로써 화자의 메시지를 정확히 파악할 수 있다.

또한 메시지 전달 수단에서도 말하기가 글쓰기보다 쉽다. 말하기는 메시지를 전달할 때 언어적 수단과 비언어적 수단이 사용된다. 언어적 수단은 입으로 하는 언어행위이며 비언어적 수단은 화자의 제스처나 태도, 표정 등이다. 말하기에서는 2개 수단이 동시에 작용함으로써 메시지 전달에 수월하고 효과적이다.

하지만 글쓰기는 언어적 수단으로만 메시지를 전달해야 한다. 특히 다른 언어활동보다 논리성과 체계성이 더 요구된다. 결국 글쓰기는 듣기와 말하기, 읽기의 총체적 활동이며 쓰기는 듣기와 말하기, 읽기가 선행되어야 더 잘할 가능성이 높다.

• • • 의사소통의 수단이다

인간의 의사소통 수단은 다양하다. 인간은 몸짓, 표정, 눈짓으로 의사소통할 수 있다. 모든 동물도 나름대로 의사소통 수단이 있다. 동물도 소리뿐만 아니라 몸짓이나 눈짓으로도 소통한다. 하지만 인간은 동물과 달리 언어라는 매개체를 만들어 비교적 정교하고 구체적인 의사소통을 한다.

인간의 의사소통 수단으로 흔히 말하기만 염두에 두는 경향이 있다. 일상생활에서 말하기가 보편적인 의사소통 수단으로 인식된 부분이 크게 작용했기 때문이다. 물론 말하기가 다른 의사소통 수단보다 더 많은 활용성과 편리성이 있음을 무시할 수 없다. 하지만 인간의 의사소통 수단에는 말하기뿐만 아니라 글쓰기도 포함된다.

글쓰기는 말하기보다 활용상 불편한 것이 사실이지만 말하기보다 더 정교하고 구체적인 의사소통을 가능케 한다. 글쓰기와 말하기의 차이점을 들자면 말하기가 음성언어인 반면, 글쓰기는 문자언어라는 점이다. 음성언어는 다소 추상적이거나 포괄적일 수 있으며 문자언어는 문자를 정확히 알고 문자의 의미를 분명히 알아야 사용할 수 있다.

그렇다면 의사소통이란 무엇인가? 의사소통은 흔히 의견교환을 말한다. 영어로는 'Communication'이다. 의사소통이 제대로 행해졌다는 것은 전달자의 메시지가 수용자에게 정확히 수용되었음을 전제로 한다. 전달자의 메시지가 수용자에게 정확히 전달되지 않았다면 의사소통이 제대로 이루어졌다고 할 수 없다.

예를 들어, 전달자가 A라는 메시지를 전하고자 한다면 수용자가 A라는 메시지로 수용해야 한다. 만약 수용자가 B나 C라는 메시지로 받아들인다면 의사소통이 제대로 이루어진 것이 아니다. 일상생활에서 친구와 약속을 정한다고 하자. 언제 어디서 만나기로 했을 때 의사소통이 제대로 이루어졌다면 상대방이 자신이 정한 시간과 장소에 정확히 나타나야 한다. 만약 제 시간에 약속 장소에 나타나지 않았다면 의사소통이 제대로 이루어졌다고 할 수 없다.

글쓰기도 의사소통 수단이며 전달하려는 메시지를 수용자에게 정확히 수용되도록 해야 한다. 그것이 기본이다. 예를 들어, 누군가와 식사하자는 메시지를 문자로 전했다고 하자. 의사소통이 제대로 되었다면 상대방은 식사할 장소에 정확히 나타나야 한다. 그런데 그가 나타나지 않았다면 의사소통이 제대로 행해졌다고 할 수 없다. 한마디로 잘못된 의사소통인 것이다.

글쓰기는 말하기보다 더 정교한 의사소통이 필요하다. 말하기가 추상성을 띤다면 글쓰기는 구체성을 띤다. 또한 글쓰기가 말하기보다 더 정확한 메시지 전달을 가능케 한다. 그만큼 글쓰기도 의사소통 수단이라는 사실을 반드시 염두에 두어야 한다.

••• 사고의 논리적 표현이다

글쓰기는 사고의 논리적 표현이다. 인간은 항상 사고하고 사고는 인간이 지닌 논리라는 회로에 따라 펼쳐진다. 사고가 논리 회로에 따라 펼쳐지지 않는다면 논리를 거스르게 된다. 인간의 사고 논리는 인간의 사고방식이나 상식적으로 알거나 수용하는 방식이다. 인간의 일상사는 사고방식으로 전달되고 수용된다. 사고방식에 따라 전달되지 않으면 수용하는 데 어려움이 따른다.

예를 들어, '물은 높은 데서 낮은 데로 흐른다'라는 것이 인간의 사고 논리다. 양수기나 기계를 이용해 물이 낮은 데서 높은 데로 흐르도록 할 수는 있다. 그러나 그것은 인간의 일상적인 사고

논리에 어긋난다. 어쩌면 특수한 경우에 해당한다. 사고 논리는 상식과 보편성이 적용되어야 한다. 인간의 사고는 자연스런 인지에서 출발하고 그것이 결국 사고 논리로 형성된다.

시간에 대한 인간의 사고 논리를 살펴보자. 인간은 시간이라는 덩어리를 어떻게 인식하는가? 인간은 시간 덩어리를 크게 과거, 현재, 미래로 구분해 인식한다. 이런 인식에는 현재라는 시간 덩어리를 중심으로 과거와 미래를 구분한다. 그리고 시간 덩어리는 과거와 현재, 미래 순으로 사고한다. 이것이 바로 사고 논리가 된다. 시간 덩어리를 미래, 과거, 현재로 인식하는 것은 혼란을 부른다. 인간 사고는 시간 덩어리를 그런 식으로 인식하도록 작동하지 않는다. 이것은 결국 사고 논리를 거스르는 것이다.

글쓰기도 동일하게 접근해야 한다. 글쓰기는 인간의 언어활동 중 하나이면서 의사소통 수단이고 사고의 논리적 표현이다. 그것을 명심한다면 글쓰기 방법에 대한 해답을 찾을 수 있고 그 해답이 결국 글쓰기를 잘하는 비결이 된다.

말하기와 동일하게 접근하라

● ● ●

흔히 글쓰기와 말하기는 다르다고 인식한다. 글쓰기와 말하기는 인간 언어활동에 속하지만 행위에서 큰 차이가 있다고 생각한다. 물론 글쓰기와 말하기는 다른 측면이 있다. 말하기와 글쓰기는 사용하는 언어 자체가 다르다. 말하기는 음성언어를 사용하지만 글쓰기는 문자언어를 사용한다. 그리고 말하기는 입이라는 도구를 사용하지만 글쓰기는 손이라는 도구를 사용한다. 그런데 글쓰기와 말하기는 근본적으로 같다. 글쓰기와 말하기는 메시지 전달 측면에서 보면 거의 같다.

말하기 방식은 메시지의 핵심을 어디에 두는가에 따라 두 가지로 나눈다. 하나는 첫 부분에 두는 방식이고 다른 하나는 마지막에 두는 방식이다. 첫 번째 유형은 흔히 두괄식 말하기이고 두 번째 유형은 미괄식 말하기다. 두괄식 말하기는 흔히 서양인들이 많이 구사하고 미괄식 말하기는 동양인들이 많이 구사한다. 특히 동양에서는 유교사상을 근간으로 겸손이 미덕이라는 인식이 많다. 그것이 말하기에서도 미괄식을 선호하게 된 것이다.

하지만 메시지의 수용적 측면을 고려한다면 미괄식 말하기보다 두괄식 말하기가 훨씬 효과적이다. 두괄식 말하기는 메시지 핵심을 먼저 던지고 부연적인 근거나 설명을 덧붙이는 방식을 취한다. 첫 부분에 메시지 핵심을 던짐으로써 이후 어떤 내용을 추가하더라도 핵심 근거나 추가 설명이 된다는 사실을 짐작케 한다.

하지만 미괄식 말하기는 두괄식 말하기와 정반대다. 미괄식 말하기는 메시지 핵심을 맨 마지막에 던짐으로써 수용자가 마지막 부분의 메시지를 들어야만 무엇을 말하는지 알 수 있다. 이것은 메시지의 수용적 측면에서 비효율적이다. 물론 어떤 상황에서 메시지를 전달하는가에 따라 다르지만 일반적인 메시지 전달 방식에서는 그리 효과적이지 않다.

일상 대화에서도 이 부분은 쉽게 확인된다. 평소 자주 만나는 친구와 대화한다고 하자. 친구가 자신에게 사랑 고백을 할 때 두괄식 방식은 "나는 널 정말 사랑해."라고 전제한 후, 나머지 메시지를 늘어놓는 경우다. 이때는 '사랑한다'라는 것을 먼저 제시함으로써 차후 언급되는 내용은 '사랑한다'라는 전제의 부연 설명임을 알게 된다. 하지만 미괄식 말하기는 정반대로 대화를 시작할 때 여러 설명을 하고 마지막에 "나는 널 사랑해."라는 결론을 내린다.

이때 처음 대화할 때 상대방이 어떤 얘기를 하려는지 막연한 생각을 갖게 되고 메시지를 끝까지 들으려고 하지 않는 경우도 있다. 심지어 상대방의 말을 듣는 것이 힘들어 "도대체 핵심이 뭔데?"라고 답답함을 호소한다. 이것은 결국 메시지의 효율적인 전달이 되지 못함을 의미한다.

글쓰기도 말하기와 같다. 일반적으로 글쓰기는 말하기보다 메시지가 길고 장황하다. 하지만 말하기의 메시지를 글의 한 단락이 된다고 간주하면 쉽게 이해할 수 있다. 글의 한 단락은 전체 메시지의 하부 덩어리다. 단락의 두괄식 전개가 두괄식 말하기에 해당하고 단락의 미괄식 전개가 미괄식 말하기가 된다. 결국 말하기와 글쓰기는 같이 접근해야 한다. 둘은 의사소통 수단이고 메시지 전달 수단과 표현에서 조금 다를 뿐 메시지 구성은 거의 같다.

물론 말하기는 언어적 표현 수단과 비언어적 표현 수단이 동시에 동원되므로 글쓰기보다 메시지의 효과적인 전달을 가능케 한다. 그리고 표현상 말하기는 구어적 표현이 사용되고 글쓰기에서는 문어적 표현이 사용된다. 구어적 표현은 일상 말투로 표현되는 것이며 문어적 표현은 글쓰기에서 요구되는 표현이다. 구어적 표현이 문어적 표현보다 투박하고 정제되지 않은 측면이 있지만 그것을 제외하면 글쓰기와 말하기는 거의 같다.

특히 실전적으로 접근할 때 글쓰기와 말하기를 분리하는 것은 바람직하지 않다. 글쓰기와 말하기는 서로 밀접한 연관성이 있으며 특히 글쓰기는 말하기 연관선상에서 접근하면 효율적이다.

글의 유형을 알아두라

주변에는 수많은 유형의 글들이 있다. 흔한 스마트 폰이나 카카오 톡, 트위터, 페이스 북 문자부터 이메일이나 블로그, 카페 글도 있다. 어릴 때 한 번 이상 써본 일기도 있고 안부를 묻는 편지글이나 감상글도 있다. 그리고 수시로 글을 써 남에게 전달하는 일도 서슴지 않는다.

글은 일상에서 벗어날 수 없는 존재이자 하루도 접하지 않을 수 없는 대상이다. 글을 쓰거나 접하지 않고 일상을 꾸려나가는 것은 거의 불가능하다보니 "글의 유형에 어떤 것이 있나?", "이것도 글 저것도 글"이라는 상념보다 "그냥 접할 수 있는 것이 글인가보다"라고만 인식한다. 그리고 글에 대해 심각하게 생각하기보다 항상 쉽게 접하고 읽을 수 있는 대상으로 여긴다.

그런데 여기서 글의 유형을 한 번 짚어볼 필요가 있다. 일상생활에서 단순히 글을 접하는 데만 머문다면 어떤 유형의 글이 존재하는지 파악할 필요는 없지만 직접 글을 써야 하는 입장이라면 어떤 유형의 글들이 있고 그 중 무엇을 써야 하거나 쓰고 있는지 파악해야 한다. 모든 글이 같다고 인식하면 훌륭한 글쓰기를 못하게 되고 어렵게 된다.

일반적으로 글은 문학 글과 비문학 글로 나눈다. 문학 글은 문예 글이라고도 한다. 문학 글은 말 그대로 문학작품의 글을 말한다. 문학 글은 일반적으로 시와 소설, 수필, 희곡을 말한다. 이 글들은 문학의 대표적 장르이자 문학 글의 전형이다. 비문학 글은 문학 글이 아닌 모든 글을 말한다. 비문학 글은 흔히 실용 글로 통칭된다. 우리가 실생활에서 실용적으로 쓰는 글을 말한다.

비문학 글은 다시 생활 글과 학술 글, 비즈니스 글로 나눈다. 생활 글은 일상생활에서 쓰는 글을 말한다. 흔히 쓰는 일기를 비롯해 자기소개서, 이력서, 편지글, 감상문, 비평문, 기사문 등이 해당된다. 학술 글은 말 그대로 학술적 내용의 글이다. 학술 글은 학술 연구 결과를 담는 글이고 학문 분야에 종사하는 연구자나

학자들이 주로 생산하는 글이다. 흔히 대학이나 대학원에서 생산되는 연구 논문이나 학위 논문이 해당된다.

비즈니스 글은 사업상 목적으로 생산되는 글이다. 비즈니스 글은 주로 직장인들이 쓰는 업무적 내용의 글이다. 비즈니스 글의 유형으로는 공문서를 비롯해 보고서, 기획서, 비즈니스 레터, 기안서 등이 있다.

하지만 이 글들은 담아내는 내용과 표현이 다르다. 생활 글은 일상생활 내용을 담고 학술 글은 학술적인 내용을 담는다. 비즈니스 글은 사업적인 내용을 담는다. 표현도 일기는 개인적 감정을 드러내는 표현을 사용하지만 연구 논문은 학술적 표현을 동원한다. 비즈니스 글은 객관적 표현을 사용한다. 특히 비즈니스 글은 번호를 부여하는 불릿 포인트를 사용하고 문장 종결도 서술형 어미보다 서술어의 명사형이나 명사로 한다.

이런 부분은 일상에서 흔히 접하는 요리와 비슷하다. 요리는 수백 가지 이상이다. 모든 요리가 똑같이 구성되거나 내용물이 같지는 않다. 요리 재료와 내용물은 모두 다르다. 요리의 표현 방법도 똑같지 않다. 어떤 요리는 단순히 표현하고 어떤 요리는 복잡하게 표현한다. 이것은 무엇보다 요리의 특징을 살리고 나아가 식욕을 돋우기 위해서다. 결국 글쓰기를 할 때는 어떤 유형의 글인지 분명히 해야 목적에 맞는 훌륭한 글을 쓸 수 있다.

글의 유형

1. 문학 글

   시, 소설, 수필, 희곡

2. 비문학 글

   가. 생활 글

   　　일기, 자기소개서, 이력서, 편지글, 감상문,

   　　비평문, 기사문

   나. 학술 글

   　　학술 리포트, 연구 논문, 학위 논문

   다. 비즈니스 글

   　공문서, 기안서, 설명서, 보고서, 기획서, 보도자료

문학 글과 비문학 글의 차이를 알아라

일반적으로 글쓰기라면 문학 글을 염두에 두는 경향이 있다. 문학 글은 어릴 때부터 재미삼아 쓰거나 수업시간에 한두 번 써 본 적이 있다. 그리고 문학 글은 일상에서 가장 쉽게 접하는 측면도 있다보니 글쓰기라면 당연히 문학 글을 염두에 두고 그것이 글쓰기의 전형이라고 받아들인다.

하지만 문학 글과 비문학 글의 차이를 분명히 알아야 한다. 문학 글은 흔히 작가의 상상력을 바탕으로 쓰인다. 달리 말해 허구라는 의미의 픽션이다. 작가의 머릿속에 들어 있는 상상의 세계가 글의 내용이 된다. 하지만 비문학 글은 작가의 상상력이 아닌 사실을 바탕으로 쓰인다. 흔히 말하는 논픽션이다. 물론 문학 글의 수필은 예외다. 수필은 허구가 아닌 개인의 체험을 담는다. 수필은 보통 문학 글로 분류해 간주하지만 실제로는 비문학 글에 해당된다.

그렇다면 문학 글을 쓰려면 무한한 상상력을 동원하면 더없이 좋다. 현실에 없는 미래 세계를 상상하거나 우주로 상상의 나래를 펼치고 그 내용을 그럴 듯하게 담으면 된다. 하지만 비문학 글은 사실에 집중해야 한다. 상상해선 안 되고 사실을 정확히 많이 알아야 한다. 만약 사실에 대해 많이 정확히 알지 못한다면 비문학 글을 쓸 수 없다는 의미와 같다.

예를 들어, 비문학 글에 속하는 생활 글을 보면 알 수 있다. 생활 글은 일상생활 정보나 사실을 담는 글이다. 생활 글이 허구적 내용을 담는다면 그것은 내용상 적잖은 문제가 된다. 또한 표현상 차이도 있다. 문학 글은 추상적이고 비문학 글은 구체적이다. 문학 글의 표현은 뜬구름 잡듯 애매모호하다는 의미다. 물론 모든 문학 글이 추상적이라는 말은 아니다. 문학 글 중 가장 추상적인 것은 시다. 표현이 추상적일수록 훌륭한 시가 된다.

만해 한용운의 '님의 침묵'을 예로 들어보자. 여기서 '님'은 과연 누구를 가리키는가? 조국, 하나님, 애인, 어머니 등으로 해석되면 그 시는 엄청나게 훌륭해진다. 만약 '님'이 '애인'으로 단도직입적으로 해석되면 훌륭한 시가 될 수 없다. 그러다보니 문학 글 중 시의 표현은 추상적일수록 좋다.

비문학 글은 정반대다. 표현이 구체적이어야 한다. 표현이 추상적이면 문제가 생긴다. 메시지를 분명히 전달할 수 없기 때문이다. 누군가와 "6월 대보름날 뻐꾸기가 우는 시각에 서울 올림픽공원에서 만나자"라고 약속했다고 하자. 하지만 이 약속은 텔레파시가 통하지 않는 한, 만남이 성사되지 않는다. 6월 대보름날은 언제인지 알지만 뻐꾸기가 언제 우는지는 알 수 없다. 대낮에 울 수도 있고 야밤에 울 수도 있다. 뻐꾸기가 언제 울 때 만나야 하는지 알 수 없다. 올림픽공원도 엄청나게 넓다. 올림픽공원은 무려 46만 평이다. 만날 장소를 구체적으로 언급하지 않으면 정문에서 만날지 후문에서 만날지 북문에서 만날지 공원 모퉁이에서 만날지 알 수 없다.

비문학 글은 그렇게 표현하면 안 된다. 제대로 표현하려면 "6월 대보름날 밤 10시 정각 서울 올림픽공원 정문에서 만나자"라고 약속해야 한다. 그래야 만날 수 있다. 비문학 글에서 명료한 표현은 생명과 같다. 물론 비문학 글 중 표현이 추상적일수록 효과적인 글도 있다. 바로 연애편지다. 연애편지는 표현이 추상적일수록 좋다. 연애편지에서 표현을 구체적으로 하면 감흥이 떨어진다. 연애편지에서 추상적인 표현을 동원하면 상대방의 입장에 따라 다양하게 좋게 해석할 가능성이 높다. 결국 비문학 글에서는 추상적인 표현이 효과를 발휘하는 글도 있지만 표현은 구체적으로 하는 것이 대원칙이다.

또 다른 차이는 내용 전개다. 문학 글은 내용 전개가 궁금증을 일으키는 방식을 취한다. 처음부터 모든 것을 터놓기보다 숨기면서 차차 하나씩 풀어나간다. TV 드라마에서도 매 회 끝날 무렵 시청자들의 궁금증을 불러일으키고 시청자들은 그 궁금증 때문에 다음 날 또 시청하게 된다.

드라마에서는 처음 두 주인공이 등장해 이야기를 잘 이끌어가다가 어느 날 갑자기 제3의 인물이 등장하면서 주인공의 러브 라인은 꼬이게 된다. 이렇게 전개되는 것이 바로 문학 글이고 그 대표적인 것이 소설과 희곡이다. 하지만 비문학 글은 이와 반대로 전개된다. 비문학 글은 궁금증을 즉시 해소하고 넘어가야 한다.

주인과 헤어진 개가 100일 만에 주인집으로 찾아왔다고 하자. 이때 개가 주인집으로 돌아왔다는 사실을 언급하자마자 개에 대한 설명을 풀어놓는다. 비문학 글에서는 개에 대한 설명 없이 내용을 전개해선 안 된다. 하지만 문학 글은 다르다. 문학 글은 어떤 동물이 주인집으로 돌아왔으며 주인과 어떻게 헤어졌으며 그동안 어떻게 지냈는지 열거한다. 그리고 어느 정도 지나 그 동물이 바로 개라고 언급한다. 그 다음 줄거리가 계속 이어진다. 글을 읽는 사람은 매우 궁금할 수밖에 없다. 개라는 사실을 미리 밝히면 궁금증이 사라져 글을 끝까지 읽지 않는다. 그것이 바로 비문학 글과 문학 글의 차이임을 명심해야 한다.

문학글

미센은 마을 입구에서 한참동안 서있었다. 그리고 자신도 모르게 주저앉았다. 하늘 멀리 비둘기 한 마리가 미센의 머리 위로 지나갔다. 비둘기는 친구를 잃은 듯 외로이 날갯짓하며 마을 인근 기와집 지붕 위에 내려앉았다. 비둘기는 한동안 미센을 바라보는 듯했다. 갑자기 비구름이 몰려왔다. 천지는 온통 어두워지는 것 같았고 저 멀리 산에서는 물 흐르는 소리가 요란스럽게 들려왔다. 하늘의 뭉게구름이 점점 짙어지더니 빗방울이 하나 둘 떨어지기 시작했다. 비둘기는 이리저리 서성이더니 갑자기 날갯짓하며 어디론가 휑하니 날아가고 말았다. 미센은 날아가는 비둘기를 한참동안 바라보았다. 그리고 혼자 중얼거렸다.

"저 비둘기는 왜 왔을까? 친구를 찾아 왔을까 아니면 먹이를 구하러 왔을까?"

미센은 혼자 이런저런 생각을 하고 있었다. 주변에는 아무도 없었고 산속에서 흐르는 물소리만 더 요란했다. 미센이 일어나 길을 떠나려하자 먹구름이 한층 더 검게 피어오르고 있었다. 미센은 시커멓게 다가오는 먹구름이 자신의 가슴을 억누른다고 생각했다. 간헐적으로 내리던 빗방울도 점차 굵어지기 시작했다. 미센은 어디론가 가야했지만 마땅히 갈 곳을 정하지 못했다. 한두 발 떼려는 순간 미센은 자신도 모르게 주저앉고 말았다. 그리고 억수 같은 빗속에서 깊은 잠에 빠져들고 말았다.

➡ 문학 글은 장황하고 수식적인 표현을 많이 사용한다. 내용도 세밀히 펼쳐지는 경향이 있다. 한 마디로 문학다운 글이라고 할 수 있다.

비문학 글

미센은 마을 입구에 주저앉아 있었다. 그때 비둘기 한 마리가 날아와 마을 인근 기와지붕에 내려앉아 미센을 한동안 쳐다보았다. 한 순간 멍게구름이 다가와

비가 내리기 시작했고 비둘기는 어디론가 사라졌다. 미
센은 날아가는 비둘기를 쳐다보면서 혼자 중얼거렸지
만 한층 심한 검은 먹구름이 미센의 가슴을 짓눌렀다.
미센은 비를 피해 어디론가 가려했지만 그 자리에 주저
앉고 말았고 결국 억수 같은 빗속에서 잠에 빠져들고
말았다.

◎ 비문학 글은 문학 글과 내용이 같지만 핵심을 중심으로 간략
하고 간결하게 펼친다. 전달하려는 내용 중심의 사실을 위주
로 담아낸다고 할 수 있다.

배경지식을 쌓아라

글을 쓸 때 가장 중요한 것은 배경지식이다. 흔히 글쓰기의 3박
자는 배경지식, 사고력, 표현력이다. 배경지식은 글의 주제에 대한
기본 지식이고 사고력은 사고하는 능력을 말한다. 표현력은 사고
된 내용을 글로 표현하는 능력이다.

글쓰기를 잘하려면 배경지식과 사고력, 표현력을 모두 갖추어

야 한다. 하지만 근본적으로 글을 잘 쓰려면 배경지식 확보가 무엇보다 중요하다. 글쓰기에서 사고력과 표현력은 의도적으로 길러지는 부분도 있으며 사고력과 표현력은 배경지식만 충분하면 어느 정도 자생적으로 길러진다.

하나의 글쓰기가 주어졌을 때 가장 난감한 것은 아무 것도 모른다는 점이다. 아무 것도 모른다는 것은 쓰려는 글에 대한 배경지식이 없다는 말과 같다. 뭔가에 대해 충분히 알아야 자신이 원하는 대로 내용을 담을 수 있지만 그렇지 않다면 어떻게 써야 할지 몰라 당황한다.

일상생활에서도 누군가와 대화할 때 자신이 잘 아는 내용이면 서슴없이 대화에 끼어들어 장황하게 늘어놓을 수 있지만 잘 알지 못하거나 생소한 내용이면 대화에 끼어들 수 없고 아무 말도 못한다. 달리 말해 얼마나 많이 알고 있는가에 따라 대화 참여도가 달라진다. 뭔가에 대해 잘 알고 있으면 문제 해결이 쉽지만 그렇지 않으면 문제 해결은 고역이다.

글도 쓰려는 내용에 대해 얼마나 많이 알고 있는가에 따라 달라진다. 쓰려는 내용에 대해 많이 알면 풍부하고 깊은 글을 쓸 수 있다. 그렇지 않다면 글쓰기가 어렵고 고통스러울 것이다. 결국 배경지식만 충분하다면 사고력과 표현력은 자생적으로 신장될 수 있다. 한 편의 글을 쓸 때 주제에 대한 배경지식이 풍부한 경우와 그렇지 못한 경우를 비교해보라.

사랑에 대한 글을 쓴다고 하자. 사랑에 대한 배경지식이 풍부한 사람과 그렇지 않은 사람의 글은 큰 차이가 난다. 사랑을 직접 경험한 사람이 쓴 글은 사랑을 직접 경험하지 않은 사람보다 글의 내용과 깊이가 다르다. 그리고 사랑에 대한 경험과 함께 사랑에 대한 해박한 지식이 있는 사람이 쓴 글은 또 다르다. 사랑을 해보지 않고 사랑에 대한 지식도 없는 사람의 글은 피상적이고 표면적이다. 한마디로 깊이가 없다.

누구의 글이 피부에 더 와 닿고 공감이 갈까? 당연히 사랑해 본 적이 있고 사랑에 대한 지식이 해박한 사람의 글이 공감을 얻고 훨씬 훌륭한 글로 평가받는다. 이것은 배경지식의 중요성을 말해주는 것이다. 배경지식이 없으면 글의 깊이는 물론 내용도 설득력이 없다. 또한 배경지식이 없는 상태에서 머릿속으로 생각만 많이 한다고 해서 훌륭한 글이 될 수 있는 것도 아니다. 배경지식이 충분하고 그것을 토대로 생각을 많이 하면 내용이 무르익고 글도 좋아진다.

흔히 글쓰기를 잘하기 위한 전제로 3가지가 언급된다. 다독, 다경험, 다 탐독이다. 이 3가지 요소는 어떤 글을 쓰는가에 따라 다르게 작용한다. 다독과 다 경험은 일반적인 글쓰기에 중요하게 요구되고 다 탐독은 학술 글쓰기에 핵심적으로 작용한다. 결국 어떤 글을 쓰든지 글쓰기를 잘하려면 3가지 중 하나는 있어야 한다.

일반 글을 쓸 때 독서량이 적으면 경험이 많거나 경험이 없으면 독서량이 많아야 한다. 학술 글을 쓸 때는 자료 탐독이 많아야 한다. 이것은 결국 배경지식이 얼마나 충분한가에 따라 글의 수준이 달라진다는 의미다.

　어떤 주제로 글을 써달라는 청탁을 받았다고 하자. 글의 주제에 대한 배경지식이 없으면 단 한 줄의 문장도 쓰기 어렵고 어떤 내용을 어떻게 쓰고 어떤 내용을 담아야 할지 고민하고 망설이기 십상이다. 시간이 지난다고 해서 해결되는 것도 아니다. 글쓰기 과정에서 자료 수집이 있는 것도 그 이유다. 자료 수집은 쓰려는 글에 대한 자료를 수집해 활용하는 것을 의미한다. 결국 글쓰기에서 가장 중요한 것은 배경지식이며 평소 배경지식을 많이 쌓는 것이 중요하다는 사실을 반드시 명심해야 한다.

배경지식을 쌓는 방법

❶ 신문을 열심히 읽어라

　배경지식을 쌓는 첫 번째 방법은 신문이다. 요즘 스마트 폰 사용이 일상화되었다. 스마트 폰을 통하든 오프라인을 통하든 신문 읽기가 배경지식을 쌓는 데 적잖이 기여한다. 신문은 다양한 정보를 제공할 뿐만 아니라 시쳇말로 따끈따끈한 정보를 전한다. 한마디로 살아있는 정보를 담고 있다. 시대가 빠르게 변하고 전 세계 소식을 접해야 하는 시대에 살고 있다. 신문은 세상 모든 정보를 빠르고 정확히 전해준다고 해도 과언이 아니다. 또한 신문은 자투리 시간을 활용해 가볍게 읽을 수 있다. 물론 일부에서는 신문 읽기가 가볍지 않다고 반론할 수도 있다. 하지만 일반적으로 타 매체에 비해 신문 읽기는 쉽다.

신문은 일상 사소한 정보는 물론 학술 정보도 제공한다. 특히 하나의 현상이나 사실에 대한 정보를 다양한 관점에서 제공하며 전문가 의견도 담고 있다. 신문 기사 중 가십(Gossip)거리는 깊이 읽지 않고 내용을 확인하는 선에 머물러도 된다. 가십기사는 단순히 흥미 위주로 접근하는 만큼 웃으며 지나쳐도 된다. 하지만 전문가 칼럼이나 사설, 기자 의견을 담은 글은 꼼꼼히 읽어야 한다. 이 글들은 모두 주장이 담겨 있고 그 주장을 어떻게 펼치고 어떤 근거를 동원하는지 파악해야 한다. 그리고 인물이나 일화를 소개하는 내용도 찬찬히 읽어야 한다. 신문은 한 가지 종류만 읽지 말고 두 종류를 읽는 것이 좋다.

어느 나라든지 보수지와 중도지, 진보지가 존재한다. 신문의 역할은 대중 의견을 다양하게 표출시켜 국가 정책에 반영하는 것이다. 한 가지 신문만 지속적으로 보면 시각이 왜곡될 수 있고 편협한 지식에 사로잡힐 수 있다. 여러 신문을 보면 하나의 사실이나 현상에 대해 다양한 관점에서 바라보는 능력을 키울 수 있다. 특히 신문은 보수지와 진보지를 하나씩 선택해 읽는 것이 좋다. 이 신문들은 하나의 현상이나 사실에 대해 정반대 시각을 제공한다. 그것은 결국 주변 사실이나 현상에 대해 어떻게 바라볼 것인지 판단하게 한다.

하나의 사회 현상에 대해 다양한 관점에서 접근할 필요가 있다. 최종적으로 자신의 관점을 가져야 한다. 다양한 관점은 다양한 시각을 제공하고 그것이 결국 사회 현상이나 사실에 대해 어떻게 바라봐야 할지에 대한 판단력을 길러주는 역할을 한다. 그리고 이 글들을 읽을 때는 어떤 근거를 동원해 주장을 펴고 그 근거가 과연 타당한 것인지 판단하는 것이 중요하다. 그래야만 자신의 주관을 기를 수 있고 사회 현상에 대해 비판적 시각을 가질 수 있다.

❷ 필요한 내용은 노트하라

신문이나 책을 읽을 때 필요한 내용이 있으면 노트하는 것이 중요하다. 인간의 기억은 오래 유지되지 않는다. 자신이 직접 체험한 일은 죽을 때까지 잊히지 않지만 독서를 통한 간접 체험은 처음에는 생생히 기억해도 시간이 지나면서 쉽게 잊힌다. 물론 기억력이 뛰어나다면 노트할 필요가 없다. 하지만 기억력이 떨어지고 문제가 있다면 반드시 노트하는 것이 좋다.

노트는 기록 수단이지만 기억을 되살리는 데도 중요한 역할을 한다. 필요한 내용을 노트하면 언젠가 다시 되새길 수 있다. 노트할 때는 모든 내용을 적을 필요는 없다. 중요한 내용만 적는 것이 좋다. 그리고 중요한 내용 중 더 알아야 할 내용이 있다면 사전이나 인터넷에서 보완해 적는 것이 바람직하다.

지식인에 대한 칼럼을 읽었다고 하자. 칼럼 내용 중 프랑스 학자 사르트르가 지식인을 어떻게 정의했다는 내용을 접했을 때 그 사실만 적지 말고 과연 사르트르가 누구인지 구체적으로 어떤 내용을 말했는지 추가 조사해 적어야 한다. 칼럼에 적힌 내용만 적으면 나중에 글을 쓸 때 자기 것으로 녹일 수 없다. 노트는 나중에 글을 쓸 때 배경지식으로 활용하는 데 목적이 있다.

칼럼 내용을 단순히 적기만 하면 나중에 자기 것으로 활용하기 어렵다. 사르트르는 누구이며 왜 그런 말을 했는지 어떻게 말했는지 정확히 알아야 자기 것으로 만들 수 있다. 지식은 단순히 전달받는 데 머물지 말고 체화하는 것이 중요하다. 지식은 체화해야 자기 것으로 펼칠 수 있다.

노트할 때는 순차적으로 하면 된다. 컴퓨터보다 일반 노트가 이상적이다. 컴퓨터로 정리하면 쉬운 부분은 있지만 나중에 다시 보거나 활용하는 데 불편할 수 있다. 일반 노트는 우선 보기 편하다. 그리고 시간 나는 대로 책 읽듯이 가볍게 읽을 수 있다. 둘 중 어느 것을 선택하든 상관없지만 노트한 내용을 어떻게 내 것으로 만들지 생각해야 한다.

노트하는 방법

인간의 욕구

인간의 5단계 욕구를 제시한 이론가는 매슬로우다.

에이브럼 매슬로우(Abraham Maslow): 1908~1970년

- 미국의 심리학자, 철학자, 인본주의 심리학을 창설한 인물이다.

  인간은 본능적인 욕구를 지니고 태어난다는 사실을 이끌어냈다. 그는 49명을 조사했으며 인간의 욕구를 5단계로 구분했다.

- **1단계: 생리적 욕구**

  인간의 가장 기본적 욕구다.
- **2단계: 안전 욕구**

  생리적 욕구가 충족되면 안전을 희구하는 욕구가 생긴다.
- **3단계: 소속감과 애정 욕구**

  남들과 친밀한 관계를 유지하고 어딘가에 소속되고 싶은 욕구다.

- **자아 존중감 욕구**

    자신이 추구하는 일을 성취하거나 남들로부터 칭찬 받고 싶어 하는 욕구다. 특히 이 단계에서는 남들로 부터 긍정적인 평가를 받고 싶은 것이 전제된다.

- **자아실현 욕구**

    자신의 능력과 재능을 최대한 발휘해 자아를 완성하 려는 욕구다.

    결국 매슬로우는 인간은 누구나 자아실현 욕구가 있 지만 자아실현 욕구를 실현하는 사람은 많지 않다고 주장한다.

❸ 자기 것으로 만든다

배경지식을 쌓으려면 노트만 해서 끝나진 않는다. 신문을 읽고 필요한 정보를 노트한 것은 언젠가 활용하기 위해서다. 글을 쓰든 말을 하든 써먹기 위해서다. 배경지식은 알고 있는 데 그쳐선 안 되고 자기 것으로 만들어 활용할 수 있어야 한다. 단순히 아는 것 과 자기 것으로 만드는 것은 엄청난 차이가 있다. 단순히 아는 것 은 실제로 활용하기 어렵다.

자기 것으로 만든 것은 실제로 활용할 수 있고 자기 취향에 맞게 요리할 수도 있다. 글쓰기는 알고 있는 정보를 단순히 나열하는 것이 아니다. 그 정보를 자기 것으로 녹여 서술하는 것이다. 단순히 알고 있는 것을 펼치는 것은 전달하는 수준에 머문다.

글쓰기는 목적에 따라 3가지로 나눈다. 정보 전달, 설득, 즐거움 제공이다. 정보 전달은 말 그대로 알고 있는 정보를 전달하는 것이고 설득은 주장을 제기해 상대방을 설득하는 것이다. 즐거움은 유흥이 목적이다. 정보 전달이든 설득이든 즐거움 제공이든 있는 사실을 정확히 파악해 내용을 전달해야 한다. 사실을 정확히 파악하지 않으면 내용을 정확히 전달할 수 없다.

하나의 정보도 자기 것으로 소화시켜야 제대로 활용할 수 있다. 하나의 정보가 노트되면 시간 날 때 그것을 읽고 자기 것으로 만들어야 한다. 그렇다고 해서 암기할 필요는 없다. 적힌 정보를 반복적으로 읽다보면 자기 것으로 용해된다. 그리고 읽을 때마다 적을 당시 어떤 내용의 칼럼을 접했는지 기억할 수 있다.

흔히 글을 잘 쓰기 위해 좋은 표현을 적어 외우라고 주문하기도 한다. 하지만 그것은 별 도움이 안 된다. 훌륭한 문장이나 표현을 외운다고 해서 자기 것으로 되는 것은 아니다. 더 중요한 것은 그 내용을 자기 것으로 소화하는 것이다. 그러다보면 그보다 더 좋은 표현이 생기거나 떠오른다.

실연을 당했다고 가정해보자. 이때 실연당한 사건은 뇌리에서 떠나지 않는다. 어떤 노래를 들어도 내 심정을 대변하는 노래 같고 어떤 드라마를 보더라도 내 얘기 같다. 실연의 한스러움에 매몰되면 자신도 모르게 전혀 예상치 않은 표현들이 떠오른다. 평소 전혀 생각하지 않은 단어나 표현이 떠오른다. 그것은 결국 몸소 실연을 체험하고 그것이 체화되다보니 전혀 생각하지 않은 주옥같은 단어나 표현이 떠오른다는 의미다.

노트된 정보는 체화해야 타 정보와 연결해 자기 것으로 풀어낼 수 있다. 글쓰기에서 중요한 것은 자기 것을 표현하는 것이다. 남의 주장이나 표현을 가져오는 것은 자기 글이 아닌 남의 글이 되는 꼴이다. 노트한 정보는 반복적으로 읽으면서 자기 것으로 만드는 것도 배경지식을 확보하는 방법이 될 수 있다.

Part 2

재료를
어떻게
찾을 것인가

" 준비 단계는 글쓰기를 시작하기 전에 준비하는 과정이다. 일반적으로 글쓰기는 글감 찾기와 주제 잡기, 자료 수집, 글 구성하기, 글쓰기, 수정하기 순으로 진행된다. 준비 단계는 글쓰기를 위한 예비 단계이고 실제 글쓰기를 위해 갖추어야 할 부분을 챙기는 단계다. 준비 단계는 글감 찾기부터 주제 잡기, 자료 수집 과정이 해당되며 실제 글쓰기를 위한 토대 작업이다. "

평소 글감을 생각하라

글쓰기는 무턱대고 하는 것이 아니다. 우선 소재를 찾고 그 소재에서 어떤 주제를 잡고 쓸 것인지 궁리해야 한다. 글감은 흔히 글의 재료를 말한다. 글 재료에는 소재와 제재가 있다. 소재는 글의 대상이고 제재는 글의 재료를 말한다. 소재는 글의 재료로서 선택하거나 가공되지 않은 것을 의미하고 제재는 글에 선택되어 가공된 것을 말한다. 어쩌면 제재가 소재보다 포괄적일 수 있다.

준비 단계의 글감은 소재를 염두에 둔다. 소재는 글의 기본 재료다. 소재는 글의 실마리를 제공한다. 쉽게 말해 글쓰기의 단초 역할을 한다고 할 수 있다.

소재를 찾으려면 평소 재료를 생각해야 한다. 소재는 어느 날 갑자기 하늘에서 뚝 떨어지지 않는다. 글쓰기를 위해 어떤 소재가 필요하고 어떤 소재로 글을 쓸지 생각하는 것이 중요하다.

● ● ● 소재는 주변에서 찾는다

한 편의 글을 쓰려면 반드시 소재가 필요하다. 그리고 소재에 따라 글의 내용과 질이 달라진다. 글의 소재는 일상 주변에 무궁무진하다. 개인 일상부터 주변사람들의 일상, 세상사, 개인 활동, 사회적 사건, 현상 등 모든 것이 소재가 된다. 하지만 막상 글쓰기를 할 때 적잖게 고민되는 것이 바로 소재 선정이다. 자신이 겪는 일도 한두 가지가 아니고 주변에서 일어나는 일도 엄청나게 많다. 하지만 어떤 것이 소재 대상이 되는지 어떤 것을 선택해야 할지 어렵다. 그리고 소재를 선택할 때 글쓰기 소재가 될 수 있을지도 고민한다.

그렇다면 소재는 어떻게 찾을까? 소재는 기본적으로 생활 주변에서 찾아야 한다. 하늘에 떠오른 무지개를 보았다고 가정하자. 무지개를 보고 어떤 생각을 할까? 멋있다고 할까 아니면 단지 비가 오다 그쳐 생겼다고만 생각할까? 여기서 바로 무지개가 소재 실마리를 제공한다. 소재는 아무렇게나 찾아지는 것이 아니다. 소재는 단순하고 맹목적으로 찾아지는 것이 아니라 뭔가 골똘히 생각해야만 찾을 수 있는 것이다.

우연히 지나가는 사람을 보았을 때 "단지 지나가는 사람이구나"라고 생각하는가 하면 "저 사람은 누굴까?"라고 의문을 갖는 경우가 있다. 막연히 스쳐 지나가는 사람으로만 본다면 그는 소재로 활용될 수 없다. 왜 지나가고 어떤 모습이고 왜 천천히 지나가고 왜 이곳을 지나가는지 골똘히 생각해야만 소재로 활용할 수 있다.

소재가 훌륭한 글은 우선 독자들이 관심을 갖고 읽을 가능성이 높다. 그리고 뭔가 새로운 메시지도 제시할 수 있다. 또한 소재에 따라 주제가 다를 수도 있다. 훌륭한 소재라면 훌륭한 주제가 잡힐 확률이 높고 훌륭한 글쓰기가 될 확률은 더 높다. 결국 훌륭한 소재는 훌륭한 주제를 낳고 훌륭한 주제는 훌륭한 글을 생산한다는 논리가 될 수 있다. 소재를 찾을 때는 무성의하게 접근하지 말고 좀 더 신중히 깊이 생각한 상태에서 하는 것이 바람직하다.

● ● ● 보지 말고 관찰하라

일상에는 수많은 사건이 벌어진다. 주변사람들과의 갈등은 물론 사회적 사건, 경제적 문제가 수시로 발생한다. 하지만 자신과 직접적인 연관이 없는 일에는 별 관심을 두지 않는다. 관심을 두거나 참견하려면 머리가 복잡해지고 불편해질 수 있다. 하지만 글쓰기를 위해서는 주변에서 일어나는 사건이나 사물을 단순히 보는 데 그치지 말고 관찰하는 것이 필요하다.

보는 것과 관찰은 엄연히 다르다. 보는 것은 사물에 단순히 표면적으로 접근하지만 관찰은 사물에 깊이 있게 접근하도록 유도한다. 단순히 보는 것은 사물이나 대상을 아무 생각 없이 접하는 꼴이 된다. 하지만 관찰은 사물이나 대상을 달리 보게 만든다.

관찰은 사물이나 대상이 어떤 모습과 형태이며 어떻게 움직이는지 알게 만든다. 달리 말해 관찰은 사물이나 대상의 실체를 파악하도록 만든다. 글쓰기는 결국 사물이나 대상의 실체를 파악해야된다.

나뭇잎이 떨어진다고 해보자. 나뭇잎이 떨어지는 것을 보는 것은 "나뭇잎이 단지 떨어지는구나"라는 생각에 그친다. 하지만 나뭇잎이 떨어지는 것을 관찰하는 것은 나뭇잎이 왜 떨어지는지 어느 방향으로 어떻게 떨어지는지 나뭇잎이 비스듬히 떨어지는데 바람 때문인지 어떻게 땅바닥에 내려앉는지 등의 생각으로 접근시킨다.

나뭇잎에 대한 글을 쓴다고 하자. 단순히 본 것만으로는 글쓰기가 어렵다. 내용을 담아내는 것도 쉽지 않다. 하지만 관찰한 경우는 완전히 달라진다. 관찰된 내용을 세밀히 담을 수 있고 관찰한 내용에 자신의 생각이나 의견을 더해 훌륭한 글을 생산할 수 있다.

일상사도 마찬가지다. 단순히 보는 것과 관찰은 엄청난 차이가 있다. 보는 것은 기억으로 남게 하지 않지만 관찰은 기억으로 남게 한다. 기억으로 남는다는 것은 나중에 그것을 다시 활용하게 만든다. 기억으로 축적되었는지 여부의 차이가 바로 보는 것과 관찰의 차이다. 관찰은 관심에서 출발한다. 관심이 있어야만 관찰하고 관찰해야만 글감으로 활용할 수 있다.

일상사에 관심이 있으면 대상을 세밀하고 치밀하게 바라본다.

그러다보면 자신도 모르게 관찰하게 되고 그것이 기억이라는 저장고에 입력된다. 주변 일상을 대할 때 막연히 지나치지 말고 세밀히 살펴보고 왜 그런 일이 일어났는지 생각해보는 것이 필요하다.

● ● ● 꾸준히 메모하라

글감을 찾으려면 메모도 중요하다. 일상 모든 일을 기억한다면 굳이 메모할 필요가 없다. 하지만 지난 일은 잊기 쉽고 반드시 기억할 일도 일정한 시간이 지나면 잊는다. 메모하는 것은 언젠가 다시 활용하기 위해서다.

어떤 사건이나 정보를 접하면 바로 활용하는 부분도 있지만 나중에 활용하는 경우도 있다. 메모는 나중에 활용하기 위해 하는 것이다. 메모는 간단히 적는 데 불과하지만 메모량이 많이 쌓이면 하나의 큰 자산이 된다. 특히 기억을 일깨워줄 뿐만 아니라 잠재적 사고력도 높여준다.

글을 쓸 때 머릿속으로 생각만 하는 것과 메모하는 것은 큰 차이가 난다. 메모를 접하면 과거 사건이 떠오르고 거기서 새로운 생각을 도출할 수 있다. 더구나 메모는 하나의 생각에 머물지 않고 제2, 제3의 생각을 가능케 한다.

한 지역을 여행하더라도 단지 여행하는 것과 메모하면서 여행하는 것은 차이가 있다. 기록하지 않고 여행하면 그 순간이 지나면 잊어버린다. 메모하면서 여행하면 오랜 시간이 지나도 여행에 대한 기억을 할 수 있고 당시 여행을 생각할 수 있다. 흔히 여행하면서 사진 찍는 경우가 많다. 여행지에서 사진을 찍는 것은 기본적으로 추억거리를 만들기 위해서지만 당시 기억을 오래 간직하기 위해서다. 여행지에서 찍은 사진은 수십 년이 지나도 당시를 기억나게 만든다. 메모에는 이런 성격이 있다. 아무리 하찮은 메모더라도 당시 사건을 조금이라도 기억나게 해준다.

메모는 글감 제공은 물론 생각의 깊이를 더하는 역할을 한다. 평소 메모하는 습관을 갖는 것은 글쓰기에서 매우 중요하다. 글쓰기에서 중요한 배경지식은 단순히 읽기만으로 쌓아지는 것이 아니다. 배경지식은 대상에 대해 읽고 생각하고 그것을 자기 것으로 만들어야 가능하다. 글감을 찾을 때 단순히 대상을 보지만 말고 관찰하되 가능하면 메모까지 하면 일석이조다.

tip 1 소재 찾는 방법

소재 대상은 삼라만상이 된다. 소재를 찾으려면 우선 주변 일상을 꾸준히 관찰하고 글쓰기 대상으로 무엇을 사용할 수 있는지 고민해야 한다. 뭔가 골똘히 생각할 때 아이디어가 떠오르듯이 도출된다. 신문을 읽거나 스마트 폰을 할 때도 소재로 무엇이 활용될 수 있는지 한 번쯤 생각하는 것이 바람직하다.

소재를 찾는 방법은 두 가지다. 기존 사용한 소재에서 찾거나 기존 사용하지 않은 소재를 찾는 것이다. 기존 사용한 소재를 찾는 것은 참신하지 않지만 접근법에 따라 훌륭한 소재가 될 수 있다. 기존 사용하지 않은 소재는 자체만으로 새로울 수 있다.

소재 자체가 새로우면 글의 내용도 새롭다.

2가지 방법 중 무엇을 취하든 소재 찾기는 자신의 노력에 의해 이루어진다는 것을 명심해야 한다. 물론 남에 의해 소재가 제공되는 경우도 있다. 무엇이든 자신이 직접 노력함으로써 행하는 것만큼 떳떳한 것은 없다.

주제가 무엇인지 파악하라

글쓰기 할 때 주제를 고려하지 않는 경향이 있다. 주제를 잡았더라도 막상 실행할 때 주제를 염두에 두지 않는다. 하지만 모든 글에는 주제가 반드시 있어야 한다. 주제가 없는 글은 훌륭한 글이라고 할 수 없고 이것도 저것도 아닌 맹탕의 글이다. 하나의 메시지를 전달할 때도 주제가 있으며 주제가 없는 메시지는 그 역할을 제대로 수행하기 어렵다. 결국 주제가 없는 글은 앙꼬 없는 찐빵과 같다.

주제는 글의 핵심 내용이나 근본적인 서술 의도를 말한다. 흔히 무엇에 대한 글인지 말할 때 무엇이 바로 주제다. 주제는 어떤 글에서든 심지처럼 박혀 있다. 하나의 메시지를 전할 때 주제를 중심에 두어야 하며 주제에서 벗어난 메시지를 전하면 문제가 된다.

● ● ● 주제는 심지와 같다

글쓰기는 주제를 중심으로 해야 한다. 주제를 중심으로 알파(a)라는 내용이 동원되고 그 알파는 주제에 덧붙이는 살과 같다. 그리고 그 알파가 얼마나 주제에 부합하는가에 따라 훌륭한 글이 되거나 삼천포로 빠지는 글이 된다.

술에 대한 글을 쓴다고 가정하자. 술에 대한 기본 개념과 술의 종류, 음주 방법을 논리적으로 담으면 술이라는 주제에 합당한 글이 된다. 그런데 술의 개념과 종류, 음주 방법 외에 죽음의 방법까지 담는다면 그 글은 주제에서 벗어나고 그로 인해 문제가 되는 글이 된다.

글은 주제를 오롯이 담아내야 한다. 주제와 관련 없는 내용이 담기면 훌륭한 글이 될 수 없다. 훌륭한 글이란 주제를 얼마나 잘 도출하는가에 달려 있다. 주제를 효율적으로 설득력 있게 도출했다면 훌륭한 글이고 그렇지 않다면 훌륭한 글이라고 할 수 없다. 결국 주제는 글쓰기에서 중심 추 역할을 한다.

주제 잡기는 소재 찾기에서 시작된다. 주제는 소재를 대상으로 잡으며 1차적으로 훌륭한 주제란 훌륭한 소재에서 시작된다고 해도 과언이 아니다. 소재란 글을 쓸 수 있는 대상이어야 하지만 남이 쓰지 않은 소재는 훌륭한 소재가 될 확률이 높다. 하나의 소재에는 수많은 주제가 있다. 거기서 잡는 주제가 글쓰기에서 중요하다.

미혼남인 과학자가 있다고 하자. 그 인물에는 수많은 주제가 있다. 미혼으로서의 과학자, 남성으로서의 과학자, 연구자로서의 과학자, 생활인으로서의 과학자, 인간으로서의 과학자 등의 주제가 있다. 여기서 어느 주제를 선택할 것인지는 글 쓰는 이가 결정해야 한다.

글쓰기는 주제를 어떻게 잡는가에 따라서도 달라진다. 또한 어떤 주제를 잡는가에 따라 쉬워지거나 어려워진다. 개인차는 있지만 어떤 주제로 쓰는가에 따라서도 차이가 난다. 자신이 잘 아는 주제라면 글쓰기가 쉽지만 잘 모르는 주제라면 어려워진다. 결국 주제를 어떻게 잡는가에 따라 결과적으로 훌륭한 글 여부의 시발점이 된다.

흔히 주제는 가주제와 참주제로 구분한다. 가주제는 말 그대로 가짜 주제이며 참주제는 진짜 주제다. 학술적으로 접근하면 가주제는 포괄적 주제나 추상적 주제이고 참주제는 제한적 또는 구체적 주제를 의미한다. 하지만 주제는 상대적이다. 두 개의 주제가 있을 때 하나는 가주제이고 다른 하나는 참주제라는 의미다.

꽃과 장미꽃이라는 주제가 있다고 가정하자. 여기서 꽃은 장미꽃보다 포괄적이므로 가주제가 되고 장미꽃은 꽃보다 제한적이므로 참주제가 된다. 장미꽃은 꽃이라는 넓은 범주에 포함되기 때문이다. 그런데 장미꽃과 장미꽃 감상하기라는 두 가지 주제가 있다고 가정해보자.

이때는 장미꽃이 가주제이고 장미꽃 감상하기가 참주제가 된다. 장미꽃 감상하기라는 주제보다 장미꽃이라는 주제가 더 넓은 범주이기 때문이다.

글쓰기는 주제가 제한적일수록 쉽다. 주제가 포괄적이면 중심을 어디에 두고 써야 할지 고민하게 된다. 또한 글의 내용을 효율적으로 도출할 수 없다. 하지만 주제가 제한적이면 그 부분만 집중적으로 도출할 수 있다.

● ● ● 주제는 참신해야 한다

주제 잡기는 자유다. 어떤 주제를 잡든 상관없다. 평소 쓰고 싶은 주제를 써도 되고 남들로부터 제공된 주제를 사용해도 된다. 하지만 주제는 글을 평가하거나 독자의 관심을 끄는 데 중요한 역할을 한다. 주제에 따라 글의 평가가 달라진다. 우선 주제는 참신해야 한다. 주제가 참신하다는 것은 기존에 접하지 않은 새로운 주제여야 한다는 의미다. 글의 주제는 무궁무진하지만 새로운 뭔가가 있는 주제여야 한다. 주제가 고리타분하거나 익히 알고 있는 것이라면 훌륭한 주제가 될 수 없다.

참신한 주제를 잡는 데는 두 가지 방법이 있다. 첫 번째는 남들이 사용하지 않은 소재를 선택하는 것이다. 흔히 말하는 새로운 소재를 의미한다. 주제는 소재에서 시작되고 소재가 새로우면 주제는 참신하다. 두 번째는 기존 소재더라도 관점이 다르면 주제가 참신하고 새로울 수 있다.

죽음에 대한 글감을 선택했다고 가정해보자. 여기서 "죽음은 슬프다"와 "죽음은 아름답다"라는 주제를 선택한다고 가정하자. "죽음은 슬프다"는 일반적인 접근 방식이고 기존에 이 주제로 많은 글이 생산될 수 있었다.

하지만 "죽음은 아름답다"라는 주제는 기존에 많이 사용되지 않았다. 똑같은 사안도 관점에 따라 주제가 새롭고 참신하거나 그렇지 않을 수도 있다는 의미다. 글을 쓸 때 주제 선택은 자유롭지만 기존 주제와 다른 새로운 주제의 선택이 훌륭한 글의 지름길임을 알아야 한다.

주제에 따라 글의 내용이 완전히 달라지므로 주제는 매우 중요하다. "죽음은 슬프다"와 "죽음은 아름답다"라는 두 가지 주제는 관점이 완전히 다르다. 당연히 글의 내용도 다를 수밖에 없다. 비슷한 내용을 담고 싶어도 그렇게 되지 않는다. 글의 평가는 대부분 내용 중심으로 이루어진다.

글쓰기에서 맞춤법이나 띄어쓰기는 기본적으로 갖추어져 있어야 한다. 그 부분이 완벽하지 않으면 글쓰기 자체에 문제가 생기지만 대부분의 글들은 맞춤법이나 띄어쓰기가 기본적으로 갖추어져 있다고 봐야 한다. 글의 평가는 내용이 새롭고 설득적이고 논리적인 정도에 따라 판가름 난다. 내용이 새로우려면 주제가 새로워야 한다. 주제가 새롭지 않으면 내용이 새로울 수 없다.

애완견에 대한 글을 쓴다고 가정해보자. 이때 "개는 인간의 반려동물이다"와 "개는 인간의 대용물이다"라는 두 가지 주제가 있다면 어느 것이 더 참신한가? "개는 인간의 반려동물이다"는 이미 알고 있는 흔한 주제다. 하지만 "개는 인간의 대용물이다"는 지금까지 접해보지 못한 주제다. 그럼 후자가 더 참신하고 훌륭한 주제라고 할 수 있다. 이 주제로 글을 쓴다면 내용이 달라지고 참신할 수밖에 없다.

주제가 참신해야 한다는 이유는 바로 이것이다. 주제가 참신하고 새로우면 내용 자체는 말할 것도 없이 참신하고 새롭다. 결국 주제 선정 방법에 따라 훌륭한 글 여부가 기본적으로 결정된다고 해도 과언이 아니다.

● ● ● 주제 범위는 분량과 직결된다

아무리 참신하고 훌륭한 주제더라도 글쓰기에 적합한 주제인지 의문을 갖는 경우도 있다. 주제에 따라 글이 잘 써지거나 그렇지 않기도 하다. 주제를 정확히 이해하고 파악하면 글쓰기가 쉬워진다. 하지만 주제를 잡을 때 어느 범위에서 잡아야 할지 난감한 것도 사실이다. 아무리 참신하고 훌륭한 주제더라도 주제 범위가 너무 광범위하면 글쓰기를 제대로 할 수 없다.

그럼 주제 범위는 어떻게 정해야 할까? 주제 범위는 글 분량과 직결된다. 글 분량을 늘리려면 주제 범주가 넓어야 하고 글 분량을 줄이려면 주제 범위를 좁혀야 한다. 예를 들어 책을 쓰려면 주제 폭이 어느 정도 넓어야 한다. 장미꽃과 장미꽃 감상하기라는 두 가지 주제로 책을 쓰려면 장미꽃이라는 주제를 잡아야 하고 한 페이지 분량의 글을 쓰려면 장미꽃 감상하기라는 주제를 잡아야 한다. 흔히 학술적 글쓰기의 연구논문과 학위논문을 보면 주제 범위가 다르다.

연구논문은 주제 범위가 좀 더 좁고 학위논문은 좀 더 넓다. 글쓰기는 참주제로 해야 하지만 글 분량에 따라 가주제도 가능하다. 일반적으로 가주제로 글 쓰는 것은 곤란하다고 인식하지만 많은 분량의 글을 쓰려면 가주제로도 접근해야 한다. 물론 주제는 구체적이어야 한다. 주제가 추상적이거나 막연하면 안 된다. 주제의 의미가 분명해야 한다.

사랑을 주제로 잡았다고 가정해보자. 여기서 사랑이라는 주제는 상당히 포괄적이다. 사랑을 주제로 글을 쓸 때 어디에 중심을 두어야 할지 난감해지는데 주제 범위를 확 줄이면 쉽게 쓸 수 있다. 사랑이라는 주제 범위를 좁히면 형제간의 사랑, 부모의 사랑,

애인의 사랑 등이 된다. 주제 범위가 좁혀지면 내용을 분명히 도출할 수 있고 글쓰기도 한층 쉬워진다. 물론 한 권의 책을 쓸 때 사랑을 주제로 접근해도 좋지만 한 페이지 분량의 글을 쓸 때는 부모의 사랑이나 애인의 사랑으로 좁혀야 한다. 결국 주제 범위는 글 분량과 직결된다는 사실을 명심해야 한다.

●●● 잘 아는 주제를 잡아라

잘 아는 것과 잘 모르는 것은 큰 차이가 있다. 글쓰기에서도 잘 아는 주제인지 여부에 따라 큰 차이가 난다. 잘 아는 주제라면 지금 당장 쓸 수 있지만 잘 모르는 주제라면 그 주제를 알기 위해 많은 자료를 찾아야 한다. 그리고 주제 내용을 충분히 소화하고 써야 한다. 물론 모든 주제에 대해 잘 알 수 있는 것은 아니다. 주제에 따라 매우 생소하거나 대충만 아는 경우도 있다. 하지만 잘 아는 주제를 잡는 것이 이상적이다.

음악을 주제로 잡는다고 가정해보자. 음악에 대한 조예가 깊은 사람은 음악이라는 주제에 대해 전달하고 싶은 내용도 많고 그 내용을 어떻게 전달하는 것이 좋을지도 어느 정도 파악할 수 있다. 하지만 음악에 대해 매우 생소하다면 어떤 내용을 어떻게 전달할지 몰라 당황하게 된다.

글쓰기는 재미있고 즐거워야 한다. 고통스럽고 괴로우면 좋은 글을 쓸 확률은 떨어진다. 관심 있는 주제라면 글을 쓰고 싶은 욕망이 생기지만 그렇지 않으면 고역이 된다. 일상생활에서 일을 추진할 때도 마찬가지다. 평소 관심 있는 일은 즐겁게 할 수 있지만 관심 없는 일은 고역이다. 진행도 잘 안 되고 완성도도 떨어진다. 또 하나 고려할 것은 쓸 수 있는 주제 여부다. 주제가 아무리 참신하고 관심 있더라도 쓸 능력이 없다면 그 주제는 쓸모없다.

어떤 일을 하더라도 해결할 수 있는 일을 해야 한다. 해결할 수 없는 일을 하는 것은 시간낭비이자 쓸데없는 짓에 불과하다. 글쓰기에서도 쓸 수 있는 주제인지 여부를 판단해야 한다.

'화성 탐방기'라는 주제가 있다고 가정해보자. 이 주제는 지금까지 아무도 접근하지 않은 주제이고 관심도 있는 주제다. 하지만 화성 여행을 할 수 없다는 것이 문제. 화성 여행을 해보지 않은 사람은 화성 탐방기를 쓸 수 없다. 결국 아무리 참신하고 관심 있는 주제더라도 쓸 수 없는 주제라면 소용없다. 물론 여기에는 개인 글쓰기 능력도 고려되지만 주제 자체가 제대로 접근할 수 있는지 여부도 고려된다.

● ● ● 독자가 관심을 갖는 주제를 선택하라

글쓰기는 필자 중심이 아닌 독자 중심으로 해야 한다. 주제 선택도 독자의 관심을 고려해야 한다. 주제를 잡을 때 필자 입장에서 진행했다면 최종 선택은 독자 입장에서 바라봐야 한다. 자기 입장에서 참신하고 관심 있고 쓸 수 있는 주제더라도 독자가 관심을 가질 만한 주제인지 확인해야 한다. 주제가 참신하면 기본적으로 독자의 관심을 끌 수 있다. 하지만 참신한 주제가 반드시 독자의 관심을 끌 것이라고 단정할 수는 없다.

'지렁이의 생태 습성'이라는 주제를 가정해보자. 이 주제는 필자 입장에서는 참신하고 관심 있는 주제가 될 수 있지만 지렁이의 생태 습성에 대해 알고 싶지 않은 독자라면 관심을 끌기에 무리다. 물론 지렁이에 관심 있는 독자가 있을 수 있지만 독자가 누구인지 파악하고 그가 관심을 가질 만한 주제인지 확인해야 한다. 흔히 대중적인 글의 표본은 기사라고 말한다.

그렇다면 기사는 어떻게 주제를 잡을까? 기사는 사실을 객관적으로 전달하는 보도 형식의 글이다. 하지만 일상의 모든 사건이 기사가 되진 않는다. 여기에는 기사로 선택되는 기준이 있다. 바로 뉴스 가치(News Value) 결정 요소이며 뉴스 가치 결정 요소는 뉴스로 보도될 가치가 있는 요소를 말한다.

뉴스 가치 결정 요소로는 기본적으로 6가지가 있다. 첫 번째는 시의성이다. 시의성이란 사건이 일어나면 즉시 보도해야 뉴스 가치가 있다는 것이다. 두 번째는 영향성이다. 독자에게 얼마나 영향을 미치는가의 문제다. 세 번째는 근접성이다. 근접성은 독자와 얼마나 가까이 근접한 뉴스인가의 문제다. 독자와 관련이 밀접할수록 뉴스 가치가 높다는 것이다.

네 번째는 흥미성이다. 흥미성은 재미있는 사건이어야 한다는 것이다. 흥미가 없다면 뉴스로서 가치가 낮다는 의미다. 다섯 번째는 저명성이다. 저명성은 유명인의 이야기를 의미한다. 유명인일수록 기사 가치가 높다는 사실이다. 유명인은 주변에서 많이 접하며 기본적으로 정치인, 기업인, 연예인을 들 수 있다. 그들의 일거수 일투족이 뉴스 가치가 있다는 사실이다. 여섯 번째는 진귀성이다. 한 번 일어날까 말까하는 사건을 말한다. 동남아에서 비단구렁이가 송아지를 잡아먹는 사건이 발생했다고 가정해보자. 이 사건은 흔한 경우가 아니다. 한마디로 희귀한 사건에 속한다.

물론 하나의 기사가 생산될 때 6가지 요소가 균등하게 점하는 것은 아니다. 매체에 따라 한 가지 요소가 많이 차지해도 기사가 된다. 예를 들어 종합지와 경제지는 뉴스 선별에서 차이가 있다. 종합지는 정치면을 중시하지만 경제지는 경제면을 중시하고 정치면을 소극적으로 다룬다. 이것은 매체 특성에 따라 적용 방식이 다르다는 의미다. 하지만 거기에는 독자가 중심에 있다. 매체에서 뉴스를 선별할 때 독자가 과연 궁금해 하고 흥미롭고 영향을 얼마나 받을 수 있는지 고려한다는 점이다.

일반 글쓰기에서도 이 6가지 요소를 모두 고려할 필요는 없지만 시의성이나 흥미성, 근접성은 반드시 고려해야 한다. 주제를 잡을 때 이 부분을 적용하면 도움이 된다. 결국 훌륭한 주제 여부를 판단하려면 주제를 선택할 때 필자 입장에서 시작하더라도 최종적으로 독자 입장에서 평가해봐야 한다. 그리고 독자가 관심을 가질 만한 주제인지 여부를 반드시 확인해야 한다.

tip 2 주제 잡는 방법

주제 잡기 방법으로는 자유 연상법과 마인드맵, 브레인스토밍이 있다. 자유 연상법은 말 그대로 자유롭게 생각해보는 방법이며 마인드맵은 생각 지도를 말한다. 브레인스토밍은 하나의 주제에 대해 여러 명이 자유롭게 아이디어를 나누는 방법이다. 여기서 자유 연상법과 마인드맵은 혼자 할 수 있지만 브레인스토밍은 3~5명이 팀을 만들어 진행하는 방법이다.

주제 잡기는 혼자 하는 것이 일반적이다. 혼자 하는 자유 연상법과 마인드맵 중 더 효과적인 것은 마인드맵이다. 마인드맵을 잘 활용하면 참신하고 훌륭한 주제를 잡을 수 있다. 다음은 사랑이라는 글감에서 마인드맵으로 주제 잡는 방법을 소개한다.

마인드맵

삶 일과 돈 부채 아름다움 건강 결혼 풍파 생활 행복 괴로움 죽음 아픔 시련

● 삶이라는 단어를 중심으로 생각나는 대로 떠오르는 단어를 적는다. 그 다음 주제를 생각한다. 예를 들어 삶과 아픔, 삶과 돈, 삶과 부채 등의 주제를 잡을 수 있다.

자료 수집의 이유를 파악하라

자료 수집은 글의 제재를 찾는 과정이다. 자료 수집은 글쓰기를 위한 필수 과정은 아니다. 그리고 모든 글쓰기에서 자료 수집을 하진 않는다. 예를 들어 일기를 쓸 때는 자료 수집을 안 해도 된다. 하지만 다른 유형의 글을 쓸 때는 자료 수집을 해야 한다.

예를 들어 학술 글을 쓸 때는 자료 수집이 필요하다. 학술 글은 학술적인 내용의 글인 만큼 평소 지식으로는 쓸 수 없다. 자료 수집은 말 그대로 글쓰기에 도움이 되는 자료를 수집하는 것이다. 자료 수집은 글쓰기에서 중요하다. 어떤 자료를 수집해 활용하는가에 따라 글의 질이 달라진다.

옷 한 벌을 만들 때 옷감을 찾는 일은 자료 수집과 비슷하다. 옷을 만들 때 옷감에 따라 멋진 옷이 만들어지거나 그렇지 않을 수도 있다. 글쓰기도 같은 이치다. 자료가 훌륭하면 멋진 글이 생산되고 그렇지 않으면 싸구려 글이 될 수 있다.

자료 수집 없이 하는 글쓰기가 가장 이상적이지만 자료를 찾지 않고 쓰는 글은 별로 없다. 자료 수집 없이 쓰는 글은 대부분 가벼운 글이다. 가벼운 글은 일상에서 쉽게 쓸 수 있다. 가벼운 글은 자료 수집 자체가 이상하다. 물론 거창하게 쓰려면 자료를 찾을 수 있지만 그렇지 않다면 굳이 자료 수집을 안 해도 된다. 하지만 일반적으로 글을 쓸 때 자료 수집은 기본이다. 대부분의 글은 자료 수집을 하고 그것을 활용해 쓰는 경우가 많다. 그리고 글의 유형에 따라 다소 다르지만 학술 글에서 자료 수집은 매우 중요한 필수 과정이다.

학술 글은 학술연구 결과를 담아내고 학술연구는 일반상식이나 지식만으로 할 수 없다. 학술적 주장을 내세우고 그 주장의 타당한 근거를 마련해야 학술적 글로서 가치가 있다.

칼럼도 자신의 지식만으로 쓸 수 있는 글이 아니다. 칼럼은 특정 현상이나 대상에 대해 자신의 주장이나 의견을 피력하지만 사실적 내용을 정확히 알고 써야 한다. 그러다보니 자료 수집이 필수다. 물론 쓰려는 분야에 대한 깊은 지식과 식견이 있다면 자료 수집이 필요 없지만 대부분의 글쓰기에서는 자료 수집이 일반적이다. 물론 글의 유형에 따라 적합한 자료가 따로 있다. 글에 따라 가벼운 자료나 심도 있는 자료가 필요하다. 일반 글은 심도 있는 자료가 별로 필요 없지만 학술 글은 심도 있는 자료가 필요하다.

또한 자료 수집을 하려면 기본적으로 글의 분량과 깊이를 고려해야 한다. 글쓰기를 할 때 자료가 많을수록 좋다는 것은 허무맹랑한 소리다. 자료가 많을수록 쉬운 것이 아니라 어려워진다. 쉽게 말해 자료에 치여 제대로 할 수 없게 된다. 이 자료를 보면 이 자료 내용이 맞거나 좋아 보이고 저 자료를 보면 저 자료 내용이 맞거나 좋아 보인다. 그러다보면 어느 장단에 춤을 추어야 할지 모르게 된다.

자료는 글쓰기에 적합해야 한다. 자료가 아무리 많아도 도움이 안 된다면 소용없다. 글 분량이 적다면 몇 가지 자료만 수집해도 된다. 예를 들어 A4 한 페이지 분량의 글을 쓴다면 자료는 2~3개면 충분하다. 자료를 깊이 분석할 필요도 없다. 기본적인 내용, 내용 도출 방법만 파악해도 충분하다. 하지만 A4 10페이지 분량의 글을 쓴다면 1~2개 자료만으로는 충분하지 않다. 10개 이상의 자료가 필요하다. 결국 글 분량에 따라 자료 수가 달라진다는 의미다.

물론 글의 깊이도 글 분량과 직접적인 연관이 있다. 글의 분량이 많으면 내용의 깊이도 깊어진다. 글 분량이 많다는 것은 담아낼 내용이 그만큼 많다는 의미다. 하지만 자료는 적절히 수집해야 한다. 자료를 너무 많이 수집하면 자료 내용을 파악하는 데 적잖은 시간이 걸리고 자료에 치여 글쓰기를 제대로 할 수 없게 된다.

자료는 다양하다. 글일 수도 있고 그림일 수도 있다. 그리고 하나의 완결되지 않은 문서일 수도 있다. 자료에 따라 오프라인이나 사이버 공간에 존재한다. 자료 선택은 자유지만 글쓰기에서 활용되는 자료는 주로 글 자료가 된다.

자료는 1차 자료와 2차 자료로 구분된다. 1차 자료는 기초자료이고 2차 자료는 응용자료다. 기초자료는 글쓰기의 기본 바탕이 된다. 어쩌면 근본적인 자료다. 2차 자료는 1차 자료를 토대로 생산된 자료로 대부분 의견이나 주장이 담긴다. 어떤 자료를 어떻게 수집할 것인가는 어떤 글을 쓰는가에 달려 있다. 글에 따라 1차 자료만으로 쓰거나 1차, 2차 자료를 함께 활용해야 한다.

1차 자료는 주로 기본 내용을 확인하고 쓸 수 있는 글에서 필요하고 1차, 2차 자료는 기본 내용은 물론 타인의 주장을 확인하고 쓸 때 필요하다.

한 친구에 대해 어떤 사람인지 누군가가 말해달라는 가정을 해보자. 이때 그 친구에 대해 정확히 알지 못하면 그에 대해 말할 수 없다. 그에 대해 자세히 말하려면 그의 인격, 외모, 사고방식 등을 정확히 파악해야 하고 그에 대한 주변 지인들의 평가도 알아야 한다. 여기서 그 친구에 대한 기본 정보가 바로 1차 자료가 되고 주변사람들의 정보가 2차 자료가 된다.

1차 자료는 기본 내용 파악에 매우 유용하다. 1차 자료에서 정확한 내용을 파악하지 못하면 2차 자료의 사용도 제한적일 수 있다. 특히 1차 자료는 기본 내용 파악을 위한 핵심이 되고 2차 자료는 단지 참고하는 데 불과하다고 할 수 있다. 글을 쓸 때는 주제를 완벽히 파악하는 것이 중요하다. 평소 주제에 대한 충분한 지식이 없다면 자료에 의존할 수밖에 없다. 주제를 정확히 이해하려면 1차 자료를 기본적으로 활용하고 2차 자료를 참고하는 것이 좋다.

● ● ● 자료를 찾는 이유를 정확히 알라

일반 글쓰기에서 자료는 참고 수준에 그치지만 학술 글쓰기에서는 직접 활용하게 된다. 특히 학술 글쓰기에서는 자료 내용을 직간접적으로 인용해야 하고 출처도 밝혀야 한다. 하지만 많은 자료를 찾는 것이 능사는 아니다. 정말 필요한 자료만 찾아 실속 있게 활용하는 것이 중요하다.

감기예방 관련기사를 쓴다고 가정해보자. 이때 가장 중요한 자료는 기존 기사다. 일부에서는 의학서적을 활용하는데 전혀 바람직하지 않다. 의학사전에는 감기에 대한 전반적인 내용을 구체적으로 담고 있고 분량도 많다. 하지만 기사는 A4 반 장 내지 한 장이면 충분하다. 의학서적 내용을 참고하면 기사로서 실제로 담아야 할 내용을 제대로 파악하기 어렵다.

기사는 대중에게 꼭 필요한 정보만 담아내는 것이 기본이다. 그럼에도 불구하고 의학적 전문 내용을 담아내면 문제가 생긴다.

기존 기사는 기사로서 필요한 내용만 담고 있고 그 내용에서 새로 추가하거나 보완하면 된다. 결국 자료는 꼭 필요한 것을 찾아 활용하는 것이 효과적이다.

자료 수집에는 3가지 이유가 있다. 우선 주제를 잘 파악하기 위해서다. 글의 주제가 잡히면 주제를 충분히 이해하는 경우도 있지만 주제를 충분히 이해하지 못하는 경우도 있다. 머릿속에서 아무리 쥐어짜도 주제를 이해하기 어렵다. 왜 주제를 이해하지 못하는지 고민해봤자 소용없다. 이때 주제와 관련된 자료에 의존할 수밖에 없고 자료를 통해 주제를 이해해야 한다. 하지만 주제에 대해 잘 알고 있거나 사전지식이 충분하면 자료를 안 찾아도 된다. 그런데 주제에 대해 잘 알지 못하거나 지식이 부족하면 자료를 찾아야 한다.

주제 파악과 이해는 글쓰기의 기본이다. 주제에 대해 정확히 파악하지 못하면 글을 쓸 수 없다. 그리고 쓰려는 대상에 대해서도 정확히 알아야 한다. 특정 사회현상에 대한 주장을 펴려면 기본적으로 자료 수집을 하고 그 자료를 충분히 파악한 다음 내용을 펼쳐야 한다.

동성애 논란에 대한 글을 쓴다고 가정해보자. 이런 글은 전문가가 아닌 이상 평소 생각이나 지식으로 글을 쓰기 곤란하다. 동성애에 대한 기본 지식이나 이해가 필요하다. 이때는 자료 수집을 통해 해결해야만 동성애 논란에 대해 자신의 주장을 펼칠 수 있다.

또 하나는 내용을 완벽히 이해하기 위해서다. 글을 쓸 때는 쓸 내용을 충분히 숙지해야 한다. 쓸 내용을 충분히 숙지하는 방법은 결국 자료를 통해서만 가능하다. 물론 내용을 잘 알면 자료를 찾을 필요가 없지만 대부분 정확히 알지 못하거나 어설프게 아는 경우가 다반사다. 이때 자료를 통한 내용 파악이 필요하다.

글쓰기를 할 때 내용을 완벽히 이해한 것과 그렇지 않은 것의 차이는 엄청나다. 내용을 완벽히 이해하면 자신의 글을 쓸 수 있지만 내용을 제대로 이해하지 못하면 자신의 글이 아닌 남의 것을 전언하는 데 그치고 만다. 남의 주장이나 의견을 무턱대고 추종하는 것은 훌륭한 글쓰기가 아니고 진정한 자신의 글을 쓴다고도 할 수 없다. 자료를 통해 주제를 완벽히 이해하는 것이 글쓰기의 기본이다.

주어진 주제를 완벽히 이해하려면 자료 수집이 필수다. 자료 수집을 못하면 글의 내용이 피상적이거나 일방적이고 무모한 주장이 될 수 있다. 자료를 통해 종합적으로 판단한 다음 자신의 주장을 펼치는 것이 타당하고 설득력을 담보할 수 있다.

자료 수집의 또 다른 이유는 주장의 근거를 마련하기 위해서다. 이것은 모든 글에 해당하진 않는다. 여기에는 학술 글만 해당한다. 학술 글은 주장을 하더라도 충분한 근거를 동원해 주장의 타당성을 확보해야 한다. 그러다보면 자신의 주장만으로 내용을 펼쳐선 안 되고 타 자료의 근거를 마련해야 한다. 이때 학술 글은 자료에서 근거를 마련하고 그 근거를 인용하는 방식을 취한다.

특히 학술 글은 타 연구 자료의 활용이 기본이다. 하지만 일반 글은 학술 글처럼 타 자료의 근거를 활용하는 선에서 그친다. 학술 글처럼 인용하고 출처를 밝히는 것은 흔치 않다. 일반 글에서 인용을 잘 안 하는 것은 학술적인 주장이 아닌 일반적인 주장에 그치기 때문이다. 결국 일반 글에서 자료 수집은 주제에 대한 이해와 더불어 완벽한 내용 파악을 위해 이루어진다고 봐야 한다.

● ● ● 주제와 밀접한 자료를 찾는다

한 편의 글을 쓸 때 어떤 자료를 활용할지는 필자가 판단해야 한다. 하지만 모든 자료가 대상이 되는 것은 아니며 글의 주제에 맞는 자료가 주 대상이 된다. 자료를 찾을 때는 주제와 부합되는 자료를 찾아야 한다. 주변에는 수많은 자료가 있다. 필요한 자료도 있고 불필요한 자료도 있다. 하지만 글쓰기에 필요한 자료를 찾는 것이 필수다.

자료 수집의 판단 기준은 무엇일까? 그 기준은 주제와 밀접한 관련성 정도다. 자료가 주제와 관련이 밀접할수록 활용 가치가 높지만 그렇지 않은 자료는 활용 가치가 떨어진다. 글쓰기는 제한된 시간에 하는 경우가 많다. 주제와 밀접하지 않은 자료를 찾으면 시간을 낭비하고 자료의 가치가 없을 수도 있다.

'남녀 간의 사랑'을 주제로 글을 쓴다고 가정해보자. 주변에는 사랑에 대한 자료가 엄청나게 많다. 하지만 이 주제와 맞는 자료는 사랑에 대한 모든 자료가 아닌 남녀 간의 사랑에 대한 자료여야 한다. 사랑의 유형은 다양하다. 부모 사랑, 조국 사랑, 형제간 사랑 등이 있다. 이 자료들을 모두 찾는 것은 시간낭비이고 직접 활용되지도 않는다. 남녀 간 사랑에 대한 내용이 아닌 자료라도 언젠가 도움이 될 수 있지만 '남녀 간의 사랑'에 대한 글쓰기에는 직접적인 도움이 되지 않는다.

• • • 최신 자료를 찾는다

자료 유형도 다양하지만 자료가 생산된 연도도 모두 다르다. 오래된 자료도 있고 최신 자료도 있다. 가능하면 최신 자료를 찾는 것이 좋다. 특히 최신 자료는 활용 면에서도 타 자료보다 이용가치가 훨씬 높다. 오래된 자료도 나름대로 가치 있지만 최신 자료가 더 많은 도움이 된다. 현재 글쓰기를 한다는 것은 현재 시점 기준이고 글의 내용도 현재가 중심이다.

사회는 하루가 다르게 변하고 있다. 산업 분야는 물론 경제, 과학 분야의 변화 속도도 엄청나게 빠르다. 어느 날 갑자기 신기술이 만들어지고 그 관련 정보도 엄청나게 쏟아지다보니 오래된 정보는 가치가 떨어지고 새로운 변화 트렌드에 안 맞는다.

물론 과거 자료가 중요한 경우도 있다. 1980년대 문학작품 관련 논문을 쓴다고 가정해보자. 이때는 당시 문학작품에 대한 상황자료나 평가자료가 필요하다. 하지만 학술논문을 제외하고 일반 글쓰기를 할 때는 당시 자료보다 현재 자료가 중심이 되는 것이 일반적이다.

최신 자료가 유용한 것은 현 시대에 맞게 해석하기 때문이다. 특정 사물이나 현상은 다양한 관점에서 해석될 수 있다. 대부분 해석자의 경험이나 지식을 토대로 해석이 이루어진다. 현재 글쓰기를 한다면 그 대상이 현재 어떻게 해석되고 재해석되어야 할지 고민해야 하는 만큼 최신 자료가 높은 가치가 있다.

● ● ● 신뢰할 수 있는 자료를 찾는다

현재 인터넷상에는 엄청난 자료들로 넘쳐난다. 없는 자료가 없을 정도다. 인터넷상에는 수많은 자료가 생산, 유통되고 있다. 자료의 홍수 속에서 살고 있다고 해도 과언이 아니다. 하지만 인터넷상에서 유통되는 모든 자료를 신뢰할 수 있는 것은 아니다. 실체도 알 수 없는 엉터리 쓸모없는 자료도 많다. 과연 신뢰할 만한 자료인지 고민해야 한다. 활용할 자료에 허위 정보가 담겨 있다면 그 자료를 토대로 생산된 글은 문제가 될 수 있다. 내용이 거짓이면 필자에게는 치명적이다.

글쓰기는 무엇보다 내용이 정확해야 한다. 글의 내용은 생명과도 같다. 글의 내용이 거짓이거나 엉터리라면 그 글은 존재 가치도 없고 존재해서도 안 된다. 누군가와 대화할 때 상대가 거짓 정보를 준다면 그의 말을 절대로 믿지 않는다. 내용이 아무리 좋아도 거짓이거나 엉터리라면 문제가 심각해진다.

자료의 신뢰성 여부는 자료 생산기관으로 판단해야 한다. 자료 생산기관을 신뢰할 수 있다면 그 기관에서 생산된 자료는 어느 정도 믿어도 된다. 일반적으로 신뢰할 수 있는 기관은 정부, 대학, 언론사 등이다. 이 기관들에서 생산된 자료는 신뢰해도 된다. 특히 이 기관들에서 생산되는 문서나 출판물은 여러 단계의 검증을 거치므로 신뢰성이 확보된다고 볼 수 있다.

현재 자료 수집은 주로 인터넷 공간에서 이루어진다. 자료 찾기가 쉽고 편리하기 때문이다. 하지만 인터넷에는 허무맹랑한 주장이나 거짓 정보를 담은 자료도 있다. 특히 일부 포털에서 운영하는 지식인이나 카페, 블로그 자료는 100% 신뢰하기 어렵다. 이 자료들은 주로 개인에 의해 생산된다. 이 자료들의 내용이 정확하다고 보기는 어렵다. 일부 자료는 사실 관계가 확인 안 된 거짓 내용을 담은 경우도 있다. 이 자료들은 단지 참고 수준에서 그쳐야 하며 액면 그대로 받아들이면 문제가 될 수 있다.

tip 3 자료 활용 방법

자료는 찾는 데서 그치면 안 된다. 자료를 찾는 것은 읽고 직접 활용하기 위해서다. 자료 활용은 글에 따라 다르지만 일반 글쓰기를 할 때 자료는 단순히 참고 수준에 그치는 경우가 많다. 하지만 학술 글을 쓸 때는 단순한 참고 수준에서 벗어나 실제 자료를 활용하는 수준까지 접근해야 한다.

자료 활용 방법은 2가지다. 하나는 자료 내용을 자기 것으로 소화해 활용하는 것이고 또 하나는 자료 내용을 그대로 사용하는 것이다. 자료 내용을 자기 것으로 소화해 활용하는 방법은 자료를 단순히 참고해 글을 쓰는 경우다. 이때 자료 내용에 대한 출처를 밝힐 필요는 없다. 일반적으로 짧은 글을 쓸 때 이 방법을 취한다. 물론 이때는 자료 내용을 가감 없이 가져와선 안 된다. 자기 것으로 소화시켜 자신만의 표현을 동원해야 한다.

자료 내용을 그대로 사용하는 방법은 자료 내용을 근거로 삼을 때다. 이때 자료 내용을 인용하는 경우가 일반적이고 내용 출처도 반드시 밝혀야 한다. 대개 학술 글쓰기를 할 때 자료 내용을 인용하고 출처도 밝힌다. 출처를 밝히지 않으면 타인의 지식을 무단 도용한 것이 된다. 한마디로 지식 절도행위에 해당하는 표절이 되는 것이다.

주제어 검색 -〉 적합한 자료 선택 -〉 내용 확인
-〉 자료 수집

- 일반 자료: google.co.kr
- 기사 자료: kinds.or.kr
- 학술 자료: riss.net

Part 3

좋은 글은 어떻게 구성하는가

" 주제를 정하고 자료를 찾고 주제에 대해 완벽히 이해한
다음 본격적인 글쓰기를 해야 한다. 주제에 대한 파악이
끝났다고 해서 무턱대고 글을 쓰는 것은 어리석다. 글을
어떻게 쓸 것인지 구상해야 한다. 그것이 바로 글의
구상 단계다. 구상 단계는 글의 내용을 어디에 위치시키고
어떻게 펼칠 것인지에 대한 고려 과정이다. "

글 구성의 의미를 분명이 이해하라

●　●　●

　글쓰기를 쉽다고 생각하면 쉽게 할 수 있지만 어렵다고 생각하면 어려워진다. 기본 원리를 알고 그 원리에 따라 내용을 담아내는 방식을 알면 어느 정도 쉽게 쓸 수 있다. 그럼 실제로 글을 쓸 때 가장 큰 고민은 무엇일까? 아무래도 글의 구성일 것이다. 글의 구성은 내용을 담아내는 방법이다. 글에는 하나가 아닌 여러 내용들이 담기며 내용의 배치 방법 문제가 바로 구성 문제다.

　구성은 글의 뼈대를 구축하는 단계다. 글의 뼈대 구축은 내용을 담을 틀을 만드는 작업이며 그 틀 안에 내용을 채워 넣는 작업이 바로 실제 글쓰기다. 글의 구성은 어떤 글인가에 달려 있다. 글에 따라 중심 내용을 앞부분이나 뒷부분에 둔다.

　하지만 평소 글의 구성에 대해 많이 생각하거나 별로 중요하게 여기지도 않는다. 글의 구성이 정확한 실체도 없는 것 같고 그냥 쓰면 되지 굳이 구성을 항상 고려해야 하는지 의심한다.

한마디로 글의 구성은 건축 설계도다. 틀을 만드는 작업이다. 튼튼하고 아름다운 집을 지으려면 전체 구조와 공간 배치를 우선 고려해야 한다. 그리고 설계도가 마음에 들지 않거나 어딘가 잘못된 부분이 보인다면 수정해야 한다. 그 다음 완벽한 설계도를 만들어 건축을 시작한다. 설계도 없이 무작정 지으면 공간 배치가 엉성하고 건축 기능을 제대로 못 살리게 된다.

글쓰기도 무작정 하면 어떤 내용을 어떻게 쓸지 모르게 되고 흘러가는 대로 하다보면 나중에 다시 쓰는 일이 벌어진다. 그리고 많은 분량의 글을 쓰다보면 구성상 어느 부분이 문제이고 어떤 내용이 담겨야 할지 판단도 안 선다. 하지만 글의 구성을 먼저 생각한다면 어렵지 않게 글을 쓸 수 있다.

메시지의 기본 구조를 파악하라

일상에서는 수많은 메시지가 전달되고 수용된다. 개인적인 필요성에 의해 실행하지만 타인에 의해 의도적으로 행해지는 경우도 있다. 인간이 전달하는 메시지는 한 마디 말이 될 수도 있고 한 줄 글이 될 수도 있다. 그 메시지는 필요에 따라 장황하고 복잡해질 수도 있다. 또한 서두 없이 전달하거나 마무리 없이 끝낼 수도 있다. 하지만 메시지는 기본적으로 서두, 본문, 결말로 이루어진다.

서두는 도입부, 본문은 핵심부, 결말은 마무리 부분이다. 메시지가 이렇게 조직되는 것은 메시지를 완결시키는 방법이다. 서두, 본문, 결말 중 하나라도 빠지면 완결된 메시지가 안 된다는 의미다. 결국 서두, 본문, 결말 구성은 메시지 완결을 위한 구성 방식이다.

글쓰기는 하나의 메시지를 만들어내는 작업이다. 한 편의 글도 똑같이 조직된다. 서두가 없다면 수용자 입장에서 당황할 수 있다. 서두는 메시지 수용을 위한 마음 준비 부분이다. 수용자가 메시지를 수용할 마음가짐이 안 된 상태에서 메시지가 전달되면 수용자는 적잖이 당황하게 된다.

평소 친한 친구가 느닷없이 만나자고 했다고 가정해보자. 그 친구가 만나자마자 "야, 돈 좀 빌려줘"라는 메시지를 전했다면 적잖이 당황하게 된다. 만남이 반갑기보다 "이 놈이 도대체 날 어떻게 보고 이러지. 무례의 극치구만"이라며 언짢아진다. 심지어 불쾌한 표정으로 돈을 빌려줄 수 없다는 변명을 하고 자리를 뜨고 만다. 친구에게 돈을 빌리려면 차근차근 자초지종부터 말하는 것이 도리다. 그래야만 메시지 수용자가 당황스럽지 않다. 이 때 수용자가 메시지를 듣고 어느 정도 마음의 준비를 하고 있음이 전제가 된다. 그럼에도 불구하고 만나자마자 느닷없이 돈부터 빌려달라는 것은 상대방이 메시지를 수용할 자세가 안 된 상태에서 메시지의 핵심을 던진 꼴이 된다.

또 서두에서 자초지종을 얘기하고 돈을 빌려달라는 핵심 메시지까지 전달했다고 가정해보자. 거기서 더 이상 메시지를 종결짓지 않는다면 수용자는 의아해한다. 돈을 빌리면 언제 갚겠다거나 갚지 않겠다는 등의 추가 언급이 있어야 한다. 이 부분을 더 이상 구사하지 않고 끝냈다면 돈을 빌리기도 어려울 뿐만 아니라 상대방이 돈을 빌려줄 마음이 있더라도 빌려주지 않게 된다. 결국 메시지는 서두, 본문, 결말로 구성되는 것이 기본이며 하나라도 생략되면 완결된 메시지 전달이 되지 못함을 알 수 있다.

메시지의 기본 구조

서두 (도입부)	관심 유도와 흥미유발
본문 (핵심부)	메시지의 중심 내용
근거 1 (핵심 내용)	
근거 2 (핵심 내용)	
근거 3 (핵심 내용)	
결말 (종결부)	마무리

균형적으로 조직하라

● ● ●

어떤 사물이든 기본 구조는 균형적이어야 한다. 무게중심이 한쪽으로 쏠리거나 기울면 정상적으로 유지하기 어렵다. 집을 짓더라도 전체 구조는 안전상 균형적이어야 한다. 집은 상부 공간, 중간 공간, 하부 공간으로 이루어진다. 이 공간들 중 하나라도 불균형적이라면 집은 온전히 지탱되기 어렵다. 균형을 잃고 기울거나 쓰러지고 만다. 한 편의 글도 균형적으로 조직되어야 한다.

한 편의 글이 서두, 본문, 결말로 이루어지는 것은 기본적인 구조이자 뼈대다. 서두, 본문, 결말은 각자 다른 역할을 하다보니 담아내는 내용도 다르다. 서두의 기능은 핵심 메시지의 전달을 위한 서곡의 역할이며 본문은 메시지의 핵심을 담아내는 역할을 한다. 결말은 메시지의 종결 역할을 한다. 한 편의 글에서는 서두, 본문, 결말이 주제를 중심으로 유기적으로 연결되고 연동된다. 이들 중 어느 하나라도 연관성이 없으면 구조상 문제가 생기고 메시지의 조직에서도 문제가 생길 수 있다.

서두, 본문, 결말은 불균형적이거나 기형적으로 이루어지면 메시지의 온전한 전달 방식이 되지 못한다. 서두, 본문, 결말은 역할과 기능에 맞추어 메시지를 담아내야 한다. 내용이 지나치게 많거나 적어도 문제가 되므로 적절하고 알맞게 담아내야 한다. 어떤 사물이든 균형적으로 갖추어지면 보기에도 좋고 이상적으로 다가온다. 하지만 불균형적이거나 기형적이면 보기에도 불안하고 불편하다.

물론 예술작품에서는 불균형적이거나 기형적이면 나름대로 미적 가치가 있다. 하지만 일반적인 대상은 그렇지 않다. 글의 조직도 마찬가지다. 글은 하나의 메시지이고 메시지를 균형적으로 조직하는 것은 기본이다.

서두는 메시지를 이끌어주는 부분인 만큼 지나치게 장황해선 안 된다. 서두는 비교적 간단하고 짧게 전개되는 것이 이상적이다. 본문은 전할 메시지의 핵심 내용을 담는 몸체 부분이다. 서두에 비해 분량이 많은 것은 당연하다. 결말은 메시지를 마무리 짓는 꼬리 부분이다. 결말은 본문보다 분량이 적은 것이 당연하다. 서두, 본문, 결말은 각자 나름대로 기능이 있고 분량도 그 기능을 고려해야 한다.

한 편의 짧은 글이 6등분으로 조직된다고 가정해보자. 달리 말해 6개 단락으로 조직된다고 가정해보자. 이때 서두, 본문, 결말이 균형적으로 조직되려면 서두가 1/6, 본문이 4/6, 결말이 1/6로 조직되면 된다. 여기서 서두가 2/6나 3/6이 되면 기형적인 구조가 되고 결말이 2/6나 3/6이 되면 불균형적인 구조가 된다. 본문도 1/6이나 2/6가 되면 조화로운 구조가 못 된다. 서두와 결말의 분량은 적어야 하고 본문의 분량은 많아야 한다.

흔히 글의 조직은 물고기에 비유된다. 물고기는 머리, 몸통, 꼬리 부분으로 나뉜다. 머리 부분은 글의 서두가 되고 몸통은 글의 본문이 된다. 물고기의 몸통에는 중요한 장기와 소화기관이 있다. 물고기가 지탱할 수 있는 영양분을 만들어내는 기능을 한다. 글의 본문도 같은 기능을 한다. 꼬리는 글의 결말이다. 물고기의 머리와 꼬리는 몸통을 이끄는 역할을 한다. 글의 서두는 물고기의 아가미 부분까지이고 본문은 몸통 부분이며 결말은 꼬리 부분이다.

물론 모든 글의 서두, 본문, 결말이 이 비율로 이루어지는 것은 아니다. 분량이 매우 많은 글은 6등분으로 나눠지기 어렵다. 서두와 결말 분량은 비슷하게 할 수 있지만 본문은 서두와 결말보다 훨씬 많은 양을 담아내야 한다. 학술 논문이 그렇다. 학술 논문은 분량이 많고 학술적 내용을 논하므로 서두, 본문, 결말이라는 표현보다 서론, 본론, 결론으로 표현하는 것이 맞다.

이 표현은 학술논문에서 서론, 본론, 결론에서 모두 학술적인 내용을 논하기 때문이다. 학술논문의 서론, 본론, 결론은 짧은 분량의 글에서처럼 서론이 1/6, 본론이 4/6, 결론이 1/6로 조직되지 않는다. 본론의 분량이 엄청나게 많다. 결국 글의 조직은 균형적으로 이루어져야 하지만 일부 글에서는 어느 정도 융통성 있게 적용되고 있음도 고려해야 한다.

메시지의 기본 구조 사례

다른 나라의 문화를 맹목적으로 받아들여선 안 된다.

------ 서두

최근 우리 사회는 적잖은 서구문화를 받아들이고 있다. 서구의 사소한 문화는 물론 보잘 것 없는 문화까지 수용하는 데 주저하지 않는다. 그래서 서구문화인지 고유한 우리 문화인지 분간하기도 어렵다. 서구문화지만 우리가 더 즐기는 것 같기도 하다.

지난 2월 24일 발렌타인데이도 예외가 아니다. 엄격히 말해 발렌타인데이는 우리 문화가 아닌 서구문화다. 그러나 어느새 우리의 고유문화 같은 착각을 일으킨다. 매년 이 날만 되면 성인은 물론 젊은이, 아이들까지 초콜릿을 선물하는 진풍경이 벌어진다. 제과점은 물론 슈퍼마켓은 초콜릿을 팔기 위해 좌판까지 벌이고 상점에 들어가면 초콜릿을 사라는 호객행위도 서슴지 않는다. 그러다보니 초콜릿을 사지 않으면 이상한 사람이 되고 초콜릿을 선물할 남성이 없는 여성에게 문제가 있는 것 같은 착각을 일으킨다. 심지어 초등학생들조차 학급친구들에게 선물한다며 여러 개의 초콜릿을 사가는 모습은 좀 지나치다는 생각이다.

-------- 본문

문화란 그 나라의 고유 풍습이나 생활습관에서 생겨난다. 발렌타인데이도 서구인들의 풍습이나 생활습관에서 생겼다. 그럼에도 불구하고 우리 문화인 듯 호들갑 떠는것은 결코 바람직하지 않다. 발렌타인데이의 경우, 문화적 순수함보다 기업 상술이 교묘히 결합된 형태를 띤다. 제과업체들이 초콜릿과 사탕을 팔려는 속내가 적잖이 작용한다. 하지만 아무리 기업체의 선동적인 부분이 작용하더라도 우리 문화에 대한 정체성은 한 번쯤 생각해봐야 한다. 특히 다른 나라 문화의 맹목적인 수용은 문화사대주의 지향이라고 해도 과언이 아니다. 서구문화는 무조건 좋고 우리 문화는 좋지 않다는 인식과 무관하지 않다.

문화는 그 자체의 고유한 가치가 있지만 서구문화도 우리가 본받을 것이 있고 본받지 말아야 할 것이 있다. 서구문화를 맹목적으로 받아들이는 것은 서구적 삶의 추구를 의미하고 우리의 고유 가치를 상실하는 결과가 된다. 물론 서구의 좋은 문화를 수용하는 것은 나쁘지 않다. 하지만 우리의 고유문화가 있음에도 불구하고 다른 나라의 문화를 맹목적으로 수용하는 것은 결코 바람직하지 않다. 아무리 국제화, 세계화가 되어도 우리나라 고유문화의 보존가치가 있다면 우리 스스로 지키도록 노력해야 한다.

'가장 한국적인 것이 세계적'이라는 말이 있다. 세계와 경쟁하려면 우리의 장점이나 고유 가치문화를 살려 세계에 알리는 것이 중요하다. 현재 우리나라도 선진국 문턱에 다가서고 있다. 자존심 강하기로 유명한 프랑스 파리 루브르박물관도 한국어 안내를 한다고 한다. 달리 말해 우리의 위상이 그만큼 높아졌다는 의미다.

------- 결말

세계화가 될수록 우리의 고유 가치를 지키고 발전시켜 나가는 것이 중요하다. 이미 지구촌은 글로벌화 되었다. 경제적인 경쟁뿐만 아니라 문화적으로도 경쟁하는 시대가 되었다. 오늘날 모든 것이 경제논리에 따라 선점되고 후퇴하는 양상이다. 문화도 후진국일수록 국제사회에서 살아남기 어려워진다. 우리의 정체성을 위해서도 다른 나라의 문화를 맹목적으로 받아들이기보다 그들의 문화를 이해하는 데 그쳐야 할 것 같다.

메시지의 핵심을 어디에 둘지 생각하라

글의 구조를 파악한 다음 글 구성에 대해 알아두어야 한다. 글의 구성은 흔히 글의 조직과 동일시하는 경향이 있다. 하지만 글의 조직과 구성에는 엄연히 차이가 있다. 글의 조직이 전체 틀이라면 글의 구성은 내용을 배치하는 방법이다. 하나의 구조물이 있다면 내용물을 채워 넣어야 한다. 내용물을 채워 넣는 것이 글의 구성이다. 내용물을 어떻게 채워 넣는가에 따라 제대로 된 돋보이는 구조물이 된다.

글의 구조는 메시지 조직 방법이고 글의 구성은 메시지를 채워 넣는 방법이다. 글의 구성은 어쩌면 글 구조의 하부영역에 해당된다. 모든 글의 구조는 거의 같지만 구성은 조금씩 다르다. 글의 구성이 조금씩 다른 것은 내용을 가장 이상적이고 합리적으로 담아내는 방식에 기초한다.

모든 글은 동일한 내용을 담아내지 않는다. 글에 따라 체험이나 감상, 주장을 담아낸다. 글의 유형이 구분되는 것도 여기서 기인한다. 문학 글과 비문학 글의 구성이 다른 것도 내용 차이에서 비롯되고 자기소개서와 감상문의 구성이 다른 것도 같은 맥락이다.

한 편의 글은 서두, 본문, 결말로 조직되지만 모든 글의 핵심적인 주장이 항상 결말 부분에 오는 것은 아니다. 결말은 말 그대로 메시지를 마무리하는 부분이지만 내용의 핵심 주장이 반드시 결말 부분에 담겨야 한다는 필수 조건은 아니다. 결말의 첫 부분이나 마지막 부분에 올 수 있다. 하지만 메시지의 핵심 주장은 글의 내용을 합리적이고 이상적으로 도출하는 데 중점을 둔다.

주장을 펴는 글에는 두 가지 유형이 있다. 단순 주장과 심층 주장이다. 단순 주장은 단순히 주장하는 글이고 심층 주장은 주장을 심층적으로 논하는 글이다. 단순 주장으로는 신문 사설이 대표적이고 심층 주장으로는 논술이 대표적이다. 두 글의 구성은 똑같지 않다. 사설은 주장의 핵심이 글의 마지막 부분에 담기고 논술은 앞부분에 담긴다. 이것은 주장을 펴는 방법에 따라 구성이 달라진다는 의미다. 결국 내용의 핵심을 두는 위치가 다른 것은 그 내용을 가장 효과적이고 설득력 있게 담아내는 방법에 기인한다.

일상에서 자주 접하는 요리를 생각해보자. 모든 요리가 메인과 서브로 구성되진 않지만 근사한 요리는 메인과 서브가 따로 있다. 메인 요리의 위치를 유심히 살펴보면 각 요리마다 조금씩 다르다. 요리에 따라 상단이나 하단, 일부 요리는 한가운데 위치한다. 그리고 서브 요리는 메인 요리를 돋보이게 하거나 메인 요리와 잘 조화되도록 가장자리에 배치시킨다. 이것은 메인 요리를 더욱 빛나게 하고 요리 자체의 주제를 잘 도출하기 위해서다.

글쓰기도 같은 맥락에서 바라봐야 한다. 글의 구성은 내용을 가장 이상적이고 합리적으로 담아내는 방법이다. 글의 내용을 구성하는 방법이 메시지 전달에 효과를 발휘하고 설득력을 줄 수 있는지 감안해야 한다. 전체 내용이 합리적이고 효과적으로 도출되도록 어떻게 구성할지 생각해야 한다.

또 하나의 글을 보자. 문학 글의 대표적인 소설은 일반 글의 구성과 조금 다르다. 흔히 소설은 기승전결(起承轉結) 방식으로 구성된다. 기(起)란 소설의 머리 부분이고 승(承)은 머리 부분의 내용을 이어받아 전개하는 것이다. 전(轉)은 줄거리 내용을 한 번 더 부연하는 것이고 결(結)은 전체 내용을 마무리하는 부분이다. 소설이 이런 구성을 취하는 것은 소설 내용을 합리적으로 담아내는 방식이기 때문이다.

그러므로 글 구성은 기본적으로 글의 유형에 따라 다르고 글 유형에 가장 이상적인 방식을 취한다고 할 수 있다. 그렇다면 글 구성을 효과적으로 취하려면 어떤 유형의 글을 쓰고 있는지 파악하고 그 유형에 맞는 구성을 취해야 한다.

글의 구성은 내용의 핵심 주장을 어디에 두는가에 달려 있다. 글에 따라 중심 내용을 앞부분이나 마지막 부분에 둔다. 어떤 글은 한가운데 두기도 한다. 중심 내용을 앞부분에 두는 것이 두괄식 구성이고 마지막 부분에 두는 것이 미괄식 구성이다. 그리고 가운데 두는 것이 중괄식 구성이다. 이것은 단락 구성에서도 똑같이 언급된다.

한 편의 글은 메시지의 핵심 주장을 중심으로 전개되고 그 주장을 어디에 어떻게 펼칠 것인지가 관건이다. 그리고 그 주장의 위치에 따라 글의 구성이 달라진다는 사실을 명심해야 한다. 달리 말해 어떤 글을 쓰려는지 파악하고 그 글의 구성에 맞게 내용을 담아내야 한다. 자신만의 독특한 구성을 만들겠다고 생각하는 경우도 있지만 그것은 바람직하지 않다. 글 구성을 어떻게 해야 할지 크게 고민할 필요는 없다. 현재 어떤 글을 쓰려고 했고 그 글의 구성이 어떤지 확인하면 쉽게 해결할 수 있다. 특히 쓰려는 글의 유형을 파악하고 그 유형에 맞게 쓰는 것이 가장 이상적이다.

글 구성의 기본 유형을 기억하라

글의 구성은 기본적으로 3가지로 나눌 수 있다. 역피라미드형, 피라미드형, 혼합형이다. 이 구성들은 보편적으로 적용되는 일반적인 구성에 해당된다.

● ● ● 역피라미드형

글의 구성은 핵심 주장을 두는 위치가 우선시된다. 한 편의 글에는 전하려는 핵심 메시지를 반드시 두게 된다. 핵심 메시지는 글의 앞부분이나 마지막 부분에 배치될 수 있는데 일반적으로 앞부분에 두는 경우가 많다. 글의 앞부분에 핵심 메시지를 두는 것은 전달하려는 메시지를 명확히 알린 다음 내용을 전개하기 위해서다. 글의 핵심 메시지를 앞부분에 두는 구성이 역피라미드형이다. 역피라미드형은 흔히 두괄식 구성을 말한다. 글의 서두에 핵심 내용을 담아낸 다음 핵심 내용에 대한 부연 내용을 추가 서술하는 방식이다.

역피라미드형은 신문 사회면에 게재되는 사건 사고기사가 대표적이다. 신문의 사건 사고기사를 보면 핵심 내용을 맨 먼저 제시한 다음 핵심 내용의 부연적인 내용을 중요한 것부터 중요하지 않은 것 순으로 전개한다. 신문의 사건 사고기사에서 역피라미드형이 선호되는 것은 핵심 내용을 한 눈에 알아보게 하기 위해서다. 만약 신문 지면이 모자라면 부연 내용에서 중요하지 않은 부분을 버리면 된다.

역피라미드형은 짧은 분량의 사실적인 내용을 담아내는 데 효과적이다. 특히 장황하거나 복잡하게 펼치지 않고 사실 위주로 전개하는 데 이상적이다. 신문 기사의 기본 유형으로는 스트레이트 기사와 피처 기사, 의견 기사가 있다. 스트레이트 기사는 사건을 스트레이트 파마 방식으로 뻗쳐놓는 형태다. 다시 말해 핵심 내용을 첫 문장에 서술하고 그 다음 문장에 첫 문장의 부연 설명을 덧붙이는 형태다. 피처 기사는 스트레이트 기사에 대한 설명적인 기사다. 그리고 의견 기사는 신문 사설이 해당된다. 기사는 원래 의견을 담아내지 않는다. 기사의 정의에 따르면 사실을 객관적으로 담아내는 보도 형식의 글을 의미한다. 하지만 의견 기사는 예외다.

스트레이트 기사는 전형적인 역피라미드형을 취한다. 특히 스트레이트 기사는 장황한 내용이 아닌 짧은 내용을 사실 위주로 담아낸다. 이것은 일반 글쓰기에서 단락 부분과 연관 짓는다면 어느 정도 이해할 수 있다. 단락의 유형에는 여러 가지가 있다. 그러나 단락 유형에서 두괄식 단락을 역피라미드 형태로 이해하면 된다. 두괄식 단락은 첫 문장에 핵심 내용을 담고 그 다음 핵심을 뒷받침하는 내용을 담아낸다. 역피라미드형은 두괄식 단락 전개와 거의 같다고 할 수 있다.

다음은 역피라미드형의 사례이다.

서울 '이면도로' 제한속도 시속 30km로 낮춘다

서울 시내 이면도로의 제한속도가 올해 안에 시속 60km에서 30km로 낮아진다.

서울지방경찰청은 "서울경찰청 도로교통 고시'를 개정해 편도 1차로 이하 도로의 제한속도를 현재 시속 60km에서 시속 30km로 일괄 규정 하겠다"라고 밝혔다. 서울지역 이면도로의 대부분을 차지하는 편도 1차로와 중앙선이 없는 단일차로는 서울시 전체 도로의

80% 이상을 차지한다. 서울시 이면도로의 제한속도를 강화한 것은 이곳에서 발생하는 보행자 사망사고의 수준이 심각한 데 따른 것으로 풀이된다.

통계에 따르면 2011부터 2013년까지 3년 동안 서울시 보행자 교통 사망사고 1,220건 중 이면도로의 보행자 사망사고는 619건이었으며 전체 사망자의 절반 이상을 차지한다. 현행 도로교통법은 편도 1차로나 중앙선이 없는 좁은 도로의 제한속도를 시속 60km로 규정하고 있으며 교통표지가 설치된 어린이 및 노인 안전구역에서는 시속 30km로 제한하고 있다.

서울경찰청 관계자는 "이면도로라고 하더라도 구간마다 제한속도가 달라 사고 발생 시 속도위반 여부를 판단하기 어려운 경우가 적지 않았다."라며 "전체 구간에 적용되는 제한속도를 통일해 교통법규에 대한 신뢰성을 높이는 것이 맞다"라고 말했다.

◎ 서두에 핵심 메시지를 담고 그 다음에 핵심 메시지의 부연 내용을 전개하고 있다. 이때 부연 내용도 중요한 것부터 중요하지 않은 것 순으로 전개하고 있다.

● ● ● 피라미드형

피라미드형은 역피라미드형과 정반대의 구성 방식이다. 역피라미드형이 앞부분에 핵심 내용을 담는다면 피라미드형은 글의 마지막 부분에 담는 구성이다. 피라미드형은 흔히 미괄식 구성이라고 부른다. 피라미드형은 글의 서두에서 관심을 유도하는 내용을 담아내고 본문에서는 서두의 연장선상에서 확장된 내용을 담아낸다. 그리고 결말 부분에서 메시지의 핵심을 담아낸다. 피라미드형은 흔히 단순 주장을 펼 때 많이 활용된다. 글의 앞부분에 상황적인 내용을 전개하고 본문을 거쳐 결말 부분에서 메시지의 핵심을 담아내는 형태다.

피라미드형의 대표적인 글은 신문 사설이다. 신문 사설을 보면 앞부분에 상황적인 실마리를 제시하고 그 실마리를 중심으로 본문 내용을 펼친다. 그리고 결말 부분의 마지막 문장에 주장을 담는다. 문학 글에서 이런 구성을 취하는 글이 바로 수필이다. 수필도 앞부분에 상황적인 내용을 서술하고 마지막 부분에서 메시지의 핵심을 담아낸다. 물론 피라미드형을 취하는 생활 글도 있다.

생활 글 중 과거에 즐겨 쓰던 자기소개서가 이에 해당한다. 과거 자기소개서를 쓸 때 앞부분에서는 자신의 성장 배경과 과정을 담아내고 성격의 장단점과 앞으로의 포부를 펼치는 것이 일반적이었다. 그러나 이런 방식의 전개가 독자로 하여금 설득력 있는 구성을 만들지 못했다. 한 마디로 밋밋한 구조였다. 그래서 지금은 자기소개서도 피라미드형으로 전개하지 않는다. 현재 자기소개서는 앞부분에 핵심 내용을 서술한 다음 과거 이력부터 서술하는 방식을 취한다.

피라미드형의 특징은 무엇보다 하나의 상황을 토대로 여러 정황과 주장을 위한 포석을 사전에 펼친 다음 결론을 내리는 데 있다. 어쩌면 궁금증을 야기하면서 마지막 부분에서 결론을 도출한다고 할 수 있다. 피라미드형은 단순 주장을 할 때 유용한 구성이다.

다음은 피라미드형의 사례이다.

싱크홀 공포, 근본적인 대책이 필요하다

서울지역에서 땅이 갑자기 꺼지는 싱크홀과 지하 빈 공간이 잇따라 발견되고 있다. 대형 공사장이나 고층 건물 주변에서 갑자기 땅이 꺼지거나 주변 건물에 금이 가는 사고가 심심찮게 일어난다. 서울시 조사단에 의하면 대형 건축물과 지하철 공사장에서 발견된 싱크홀과 동공은 10여 개에 달한다. 싱크홀과 동공의 발생으로 인근 주민들의 불안은 갈수록 커지고 있다. 언제 어디서 무슨 일이 생길지 두려운 주민들이 늘고 있는 것이다. 이번에 발견된 싱크홀과 동공은 송파구 석촌 지하차도 구간에 집중되었다.

현재 이곳은 지하철 9호선 3단계 공사가 진행 중이며 1km 떨어진 곳에서는 123층짜리 롯데타워가 건설되고 있다. 서울시 조사단은 이번 싱크홀과 동공이 지하철 9호선 공사 여파로 발생한 것으로 추정하고 있다. 현재 이 구간에서 하부 터널을 뚫기 위해 '실드공법'을 사용하고 있으나 연약한 지반을 건드리자 틈새가 생겨났고 그 틈새를 메우지 않은 것이 원인으로 지목된다. 그러나 이번 싱크홀의 원인이 지하철 공사로 야기된 것으로만 단정하는 것은 문제가 있다는 지적도 있다. 인근 고층타워 공사도 직간접적인 관련이 있다는 추측도 제기된다. 문제는 싱크홀 발생으로 인한 시민들의 불안이다.

　　현재 서울에서는 상하수도 공사는 물론 대형 건축공사가 수시로 행해지고 있다. 공사장 주변에서는 땅이 파이거나 내려앉는 경우도 적잖게 발생하는 실정이다. 주변지역을 거닐다가 언제 어디서 불의의 사고를 당할지 시민들은 두려움에 떨고 있다. 특히 싱크홀 불안에 대한 근본 문제는 정확한 실태와 원인을 파악하지 못한다는 점이다.

　　현재 우리나라에서는 지하철이나 상하수도 경로, 지

하수 이동경로와 수량 변화를 정확히 파악한 지하지도가 없다. 선진국에서는 지하철, 상하수도 경로, 지하수 이동경로의 자세한 지도가 있다. 언제 사고를 당할지 모를 공포에서 벗어나고 싱크홀로 인한 대형사고를 막으려면 정부와 지자체의 근본적인 대책이 선행되어야 한다.

○ 서두에 상황적인 실마리를 제공하면서 시작한다. 그것을 중심으로 내용을 전개한 다음 마지막 부분에 메시지의 핵심을 제시하고 끝맺는다.

● ● ● 혼합형

혼합형은 역피라미드형과 피라미드형의 혼합 구성 방식이다. 혼합형은 현재 다양한 글에서 응용, 적용되고 있다. 혼합형은 서두에 관심을 끌 만한 메시지 핵심을 던진다. 그 다음 과거 이력 내용을 시간 순으로 서술한다. 그리고 마지막 부분에 미래지향적으로 마무리하는 방식이다. 흔히 고인돌형으로 표현한다. 고인돌 머리 부분에 핵심 내용을 담아내고 하단이 머리 부분을 받쳐주는 형태의 구성 방식이다.

혼합형은 기사에서 많이 활용되는 방식이다. 신문기사 중 혼합형을 취하는 대표적인 글은 인터뷰 기사다. 인터뷰 기사는 서두에 핵심 내용을 담아내고 그 다음 보완할 추가 내용을 담아낸다. 그리고 마지막 부분에서 미래지향적으로 끝맺는다. 신문 인터뷰 기사를 보면 앞부분에 인터뷰이의 핵심 멘트를 담아내고 그 다음 뒷받침해주는 내용이 시작점부터 현재까지의 순으로 서술된다. 그리고 마지막 부분에서 미래지향적 서술로 끝맺는다.

혼합형은 장황하고 긴 내용의 사실을 전할 때 유용한 방식이다. 긴 내용의 사실을 전할 때 앞부분에 임팩트 없이 전개하는 것은 흡입력을 주지 못한다. 글 구성에서 중요한 것은 내용에서도 설득력이 있어야 하지만 구성에서도 끝까지 읽도록 유도하는 것이 중요하다. 글의 첫 부분에서 확 끌어주는 내용을 제시한 다음 그 내용을 뒷받침해주는 내용을 순차적으로 전개하는 것이 필요하다. 과거 자기소개서는 피라미드형을 취했지만 현재 자기소개서는 혼합형을 취한다. 앞부분에서 확 끄는 내용을 제시해 글 전체를 읽도록 유도해야 한다.

혼합형은 국어적인 글쓰기에 없는 구성 방식이다. 신문방송학, 즉 기사에서는 오래 전부터 활용되었고 특히 인터뷰 기사는 모두 혼합형을 취한다. 인터뷰 기사는 짧은 내용의 사실뿐만 아니라 인터뷰이의 과거 이력은 물론 인간됨됨이에 대한 내용을 담아낸다. 글의 내용이 일반 스트레이트 기사나 해설 기사보다 분량이 많고 장황해 혼합형을 취하게 된다.

자신의 이력 부분을 담는 자서전을 보더라도 전체 구성에서는 혼합형을 취한다. 자서전은 과거 이력부터 서술하지 않고 현재의 상황이나 심정을 임팩트 있게 서술한 다음 과거 이력을 순차적으로 서술한다. 이 방식은 전형적인 혼합형 구성을 보여준다. 혼합형은 현재 학술논문에서도 도입하고 있다. 서론 부분에서 뭔가 관심을 유도하기 위해 현재의 상황적인 내용을 전개한 다음 학술 연구 내용을 순차적으로 서술한다. 결국 혼합형은 역피라미드형과 피라미드형을 혼합한 구성이지만 장황하고 긴 내용의 글을 전개하는 데 유용한 구성 방식이다.

다음은 혼합형의 사례이다.

"글쓰기는 상당히 중요합니다. 사회에서든 대학에서든 능력을 발휘하려면 글쓰기를 잘해야 하는 것은 필수라고 할 수 있습니다."

글쓰기가 인간의 기본 능력이자 핵심 능력임을 강조하는 황 원 씨는 국내 글쓰기 교육 전문가로 알려져 있다. 그는 일반적인 글쓰기는 물론 미디어 글쓰기와 비즈니스 글쓰기 등 다양한 분야의 글쓰기를 교육, 연구한 전문가다. 특히 그는 다양한 글쓰기 단행본도 집필했다. 그는 특히 글쓰기는 자신의 능력을 보여주는 중요한 잣대라고 말한다.

"글쓰기를 별로 중요하지 않게 생각하는 경우가 있습니다. 반면 글쓰기를 어려워하는 사람들도 있습니다. 그러나 글쓰기는 자신의 능력을 표현하는 직접적인 행위입니다."

문학박사 학위 소지자인 그가 글쓰기에 관심을 둔 것은 지난 2000년이다. 대학에서 전공 분야를 가르치던 그에게 당시 사회적으로 글쓰기의 중요성이 부각되면서부터였다.

"대학에서 글쓰기를 체계적으로 교육한 것은 2000년대 들어서입니다. 미국은 수십 년 전부터 글쓰기를 대학 기본 교양과목으로 운영했습니다. 학문을 연구하든 사회에서 일하든 글쓰기를 핵심적인 의사소통 능력으로 보았던 겁니다."

이때부터 그는 글쓰기 분야를 집중 연구, 교육하기 시작했다. 그리고 2005년 미디어 글쓰기를 비롯해 비즈니스 글쓰기, 과학 글쓰기 등의 단행본을 집필했다. 그리고 2013년 창의적 학술 논문쓰기 전략도 펴냈다.

"글의 유형은 다양합니다. 하나의 글로 모든 글쓰기를 접근하는 것은 곤란합니다. 그리고 글은 어떤 내용을 어떻게 담아내는가에 따라 구성과 내용, 표현이 달라집니다. 학술논문도 학문 분야별로 글쓰기가 따로 존재하는 것이 아니라 연구 데이터를 어떻게 생산하고 접근하는가에 따라 글 구성이 달라집니다."

현재 글쓰기 교육이나 연구가 통합적인 관점에서 접근하는 것이 필요하다는 그는 글쓰기도 말하기와 함께 접근하는 것이 필요하다고 역설한다. "글쓰기와 말하기는 의사소통 행위입니다. 두 영역을 분리하기보다 통합적으로 접근해야 합니다. 글쓰기 학습자들도 말하기와 분리하기보다 병행해 배우는 것이 필요합니다."

현재 말하기뿐만 아니라 수사학과 접목해 글쓰기 분야를 꾸준히 연구 중인 그는 일반인들에게 글쓰기에 직접적인 도움을 주기 위해 라이팅 코칭 연구소를 개설해 운영할 계획이다.

⊙ 글의 앞부분에 독자의 관심을 끌 만한 핵심 내용을 서술한 다음 그 내용을 뒷받침해주는 내용을 담고 있다. 이때 과거 이력 내용을 시간 순으로 펼치고 마지막 부분에서 미래지향적으로 끝맺고 있다.

글 구성의 이유를 파악하라

글 구성은 실제 글쓰기를 위한 전초 작업이다. 어떤 일이든 전초 작업이 제대로 되어야 제대로 실행할 수 있다. 어떤 일이든 체계적으로 접근해야 효과적으로 실행할 수 있듯이 글쓰기도 무작정하기보다 기본 작업을 한 다음 시작하면 효과적이고 능률적으로 할 수 있다.

글쓰기도 하나의 작업이다. 한 편의 글을 쓰는 것은 특정 목적에서 비롯된다. 누군가에게 메시지를 전달하든 업무 수행이든 필요하고 중요한 작업이다. 글쓰기에서 우선 취해야 하는 것은 글 구성이다. 글 구성은 대략적으로 하든 체계적으로 하든 사전에 시작해야 한다.

글 구성을 취하는 이유는 3가지다. 우선 내용을 제대로 담기 위해서다. 글 구성은 내용을 담는 그릇이다. 음식을 요리해 그릇에 담으려면 적합한 그릇을 골라야 한다. 많은 분량의 내용물을 작은 그릇에 담으려면 음식 모양이 제대로 안 난다. 음식 내용물에 적합한 그릇에 담아야 모양새가 나고 음식다운 음식으로 보인다. 글쓰기에서도 글 구성은 1차적으로 내용을 제대로 담을 그릇을 만드는 작업이다. 어떤 내용을 어떻게 담을지 윤곽을 잡는 작업이 글 구성이다. 글 구성은 담으려는 내용을 제대로 담기 위한 작업이다. 또 하나는 글을 효율적으로 쓰기 위해서다. 글쓰기는 메시지를 담는 것이지만 짧은 글은 별로 쓰기 어렵지 않다.

일상적으로 쓰는 문자나 일기는 굳이 글 구성을 취할 필요가 없다. 글의 분량이 적기 때문이다. 생각나는 대로 쓰면 된다. 친구나 주변사람들에게 문자를 보낼 때 구성은 별로 생각하지 않는다. 생각나는 대로 서술하면 그만이다. 하지만 한 페이지 이상 글을 쓸 때는 만만찮다. 글 구성을 안 하면 쓰다가 다시 쓰고 마음에 들지 않으면 또 다시 써야 한다. 그리고 잘 해결되지 않으면 아예 글쓰기를 포기하게 된다. 특히 많은 분량의 글쓰기를 할 때는 반드시 글 구성을 취해야 한다. 많은 분량의 글은 짧은 분량의 글보다 쓰기 쉽지 않다. 많은 내용을 담아야 하고 내용을 어디에 어떻게 서술할지 고려하지 않으면 쉽게 쓸 수 없다.

글의 어느 부분에 어떤 내용을 쓸 것인지 반드시 구성하고 시작해야 효과적인 글쓰기를 할 수 있다. 흔히 많은 분량의 글을 쓸 때 목차를 잡는 것은 바로 이 부분을 해결하기 위해서다. 많은 분량의 글을 쓸 때 목차를 안 잡으면 글쓰기 능률이 떨어진다. 그리고 글을 제대로 쓰기 어렵다. 많은 분량의 글을 쓸 때는 반드시 글 구성을 하고 진행해야 한다.

마지막으로 내용 중복을 방지하기 위해서다. 글을 쓰다보면 내용 중복이 적잖다. 앞에서 서술한 내용을 뒤에서 다시 서술하고 중간 부분에서 서술한 내용을 다시 서술하는 경우가 흔하다. 이것은 사전에 글 구성을 고려하지 않았기 때문이다. 글 구성은 앞, 중간, 마지막 부분에 어떤 내용을 담을지 구상하는 것이다.

한 편의 글에서 내용 중복은 전혀 바람직하지 않다. 한 번 언급한 내용은 특별한 경우가 아니라면 다시 언급하면 안 된다. 내용의 중복 서술은 독자를 불편하게 만들고 글쓰기를 어떻게 하는지 모르는 데서 비롯된다.

누군가와 대화한다고 가정해보자. 상대방이 앞에서 했던 얘기를 또 한다면 듣는 사람 입장에서는 짜증나고 더 이상 듣고 싶지도 않게 된다. 글쓰기에서도 내용을 중복시키면 안 된다. 짧은 분량의 글에서는 내용 중복이 별로 많지 않다. 그러나 많은 분량의 글에서는 사전에 구성하지 않으면 내용 중복이 비일비재해진다. 글 구성은 내용을 중복하지 않기 위해서도 반드시 필요한 사전 작업이다.

다양한 구성 유형을 파악하라

글의 분량은 글의 유형에 따라 차이가 있다. 그리고 어떤 내용을 어떻게 도출하는가에 따라 분량이 달라진다. 글의 분량은 독자가 알아서 할 부분이지만 일부 글은 분량이 따로 제시되기도 한다. 분량이 정해진 글은 필자 멋대로 쓰는 것이 아니라 제한된 분량에 맞춰 써야 한다.

구직용 자기소개서를 생각해보자. 자기소개서는 보통 일정한 분량으로 써야 한다. 특히 온라인상으로 제출하는 자기소개서는 글자 수가 1,000~1,200자로 제한된다. 글의 분량이 무조건 많다고 좋은 것은 아니다. 적당한 분량이 독자를 위해서도 바람직하다. 짧게 써도 되는데 굳이 장황하고 길게 쓴다면 문제가 된다. 글 구성 방법은 두 가지로 나눌 수 있다. 대략적 구성과 개요적 구성이다. 대략적 구성은 특별한 구성을 취하기보다 특정한 핵심 내용을 어디에 둘지 윤곽적으로 잡는 구성이다. 어쩌면 머릿속에 대충 그리는 방식이다. 미술 스케치할 때 대략 윤곽부터 잡고 시작하는 것과 같다.

대략적 구성은 적은 분량의 글쓰기에 적용된다. 흔히 A4 한 페이지 분량의 글을 쓸 때 대략적 구성을 취한다. A4 한 페이지를 어떻게 채울지 대략적으로 구성하면 된다. 서두, 본문, 결말 부분에 각각 어떤 내용을 담을지 대략적으로 구성하면 된다. 개요적 구성은 흔히 개요짜기 또는 목차잡기라고 부른다. 개요적 구성은 많은 분량의 글쓰기에서 주로 활용된다. 많은 분량의 글을 쓸 때 글 윤곽을 잡는 개요적 구성을 하지 않으면 글쓰기가 어렵다.

A4 10페이지 이상 분량의 글을 쓴다고 가정해보자. 이때 개요적 구성을 하지 않으면 글쓰기를 잘하기 어렵다. 전체 분량의 내용을 어디에 어떻게 담을지 쉽지 않고 잘못하면 글쓰기를 제대로 할 수 없는 지경이 된다. 개요적 구성은 어떤 내용을 어디에 담아야 할지 제시해주는 좌표와 같다. 많은 분량의 글을 쓸 때 개요적 구성을 하지 않으면 제대로 실행하기 어렵다.

글쓰기에서 반드시 개요적 구성을 한 다음 시작해야 하는 글이 학술논문이다. 학술논문은 일반 글과 달리 엄청나게 많은 분량을 담아낸다. 특히 학술논문은 서론, 본론, 결론으로 기본 구조가 취해지지만 본론 부분의 내용은 다시 세부 항목으로 나누어진다. 그러다보니 개요적 구성을 안 하면 글쓰기를 제대로 실행할 수 없다. 학술논문에서는 개요적 구성의 완성도에 따라 글의 질이 달라진다.

학술논문을 평가할 때 1차적인 대상도 개요 구성이다. 개요적 구성이 주제에 필요한 내용을 얼마나 논리적으로 담고 있는지 보여주기 때문이다. 결국 개요적 구성은 많은 분량의 글쓰기에서 요구되지만 논리적이고 체계적으로 구성해야 한다.

개요적 구성 방법으로는 흔히 화제 개요와 문장 개요가 있다. 화제 개요는 핵심 어구를 도출해 구성하는 방식이고 문장 개요는 핵심 문장을 도출해 구성하는 방식이다. 두 방식의 장단점은 각각 있지만 화제 개요가 문장 개요보다 훨씬 선호된다. 그리고 문장 개요는 이론상 고려되지만 실제로 잘 활용되진 않는다. 일반 글쓰기에서는 주로 화제 개요 방식이 선호되고 문장 개요 방식은 거의 활용되지 않는다.

대략적 구성

나는 널 사랑한다.

- 착한 것이 첫 번째 이유다.

- 배려심 강한 것도 한 몫 한다.

- 외모도 마음에 든다.

○ 대략적 구성은 대략적인 윤곽을 잡는 방법이다. 개요적 구성
처럼 개괄적으로 핵심 부분을 도출할 필요가 없다. 어떤 내용
을 어디에 전개할지 머릿속에 생각하는 것만으로도 충분하다.

개요적 구성

말하기와 글쓰기의 상관성 연구

- 수사학적 체계를 중심으로

1. 서론(연구 현황, 문제 제기, 연구 목적 등)

2. 수사학에서의 글쓰기

3. 글쓰기와 수사학적 체계

4. 글쓰기와 설득 전략

1) 에토스적 요소

2) 로고스적 요소

3) 파토스적 요소

5. 글쓰기의 독자와 말하기의 청중

1) 글쓰기와 말하기의 상황 구조

2) 보편 청중과 보편 독자

6. 결론

◑ 개요적 구성은 흔히 목차잡기라고 할 수 있다. 개요적 구성은 많은 내용을 담아내는 글에서 반드시 해야 한다.

글 구성 양식

대상		
주장		
용어 정의		
내 용		
서두	단락 1	도입: 문제 제기:
본문	단락 1	중심 문장: 뒷받침 문장:

본문	단락 1	① ② ③
	단락 2	중심 문장: 뒷받침 문장: ① ② ③
	단락 3	중심 문장: 뒷받침 문장: ① ② ③
결말	단락 1	중심 문장: 뒷받침 문장: ① ② ③

글 구성 사례

주제	립싱크, 무엇이 문제인가?
주제문	립싱크, 허용해선 안 된다.
용어 정의	립싱크: 가수가 현장에서 노래하지 않고 미리 녹음된 음악에 맞춰 입만 벙긋거리는 행위
내 용	

서두	단락 1	도입: 가수들의 립싱크 실태 문제 제기: 립싱크, 허용해야 하는가? 가수들의 립싱크, 허용해선 안 된다.
본문	단락 1	중심 문장: 립싱크는 관객 기만행위다. 뒷받침 문장: ① 가수의 역할을 하지 않는다. ② 립싱크는 관객에게 모욕감을 준다. ③ 관객을 우롱하는 행위다.
	단락 2	중심 문장: 공연의 질을 떨어뜨린다. 뒷받침 문장: ① 관객에게 자신의 노력을 보여주지 않는다. ② 공연 분위기를 망칠 수 있다. ③ 가수의 인지도를 깎는다.
	단락 3	중심 문장: 립싱크만 해도 된다는 정서가 생길 수 있다. 뒷받침 문장: ① 립싱크에 대한 죄책감이 없다. ② 군이 노래 부를 필요가 없다는 인식이 생긴다. ③ 아무나 가수가 될 수 있다는 인식이 지배한다.
결말	단락 1	중심 문장: 가수들의 립싱크는 바람직하지 않다. 뒷받침 문장: ① 가수의 역할을 강조해야 한다. ② 립싱크를 못하도록 조치를 취해야 한다. ③ 립싱크에 대한 인식도 바뀌어야 한다.

◐ '립싱크, 무엇이 문제인가?'라는 주제로 글쓰기를 할 때 주장에 대한 근거를 마련하고 서두, 본문, 결말 부분에 쓸 내용의 윤곽을 잡아 구성하고 있다.

훌륭한 글을 모방하라

글의 구성은 우선 잘 취하고 봐야 한다. 글의 구성은 내용물을 채워 넣는 그릇이라고 할 수 있다. 요리할 때 내용물을 그릇에 두서없이 담으면 안 된다. 그릇의 아래위 공간을 어떻게 채워 넣고 측면 공간에 어떤 내용물을 넣을지도 고려해야 한다. 무조건 채워 넣으면 내용물이 뒤죽박죽되고 어떤 요리가 되는지 알 수 없다. 비빔밥도 처음 그릇에 담을 때는 위치에 따라 내용물을 분리해 담는다.

글 구성도 같은 맥락에서 접근해야 한다. '글쓰기를 잘하려면 남의 글을 모방하라'라는 말이 있다. 남의 글을 모방하면 글쓰기를 잘하는 지름길이 된다는 의미다. 남의 글을 모방하면 글쓰기에 분명히 도움이 된다. 글쓰기의 어려움이 해소되는 것도 맞다. 특히 글쓰기를 어떻게 해야 할지 모를 때 가이드 역할을 한대도 과언이 아니다. 하지만 남의 글을 무조건 모방하는 것은 금물이다. 좋은 글인지 나쁜 글인지도 모른 채 무작정 남의 글을 모방하는 것은 부질없고 모방해봤자 전혀 도움이 안 된다. 오히려 자신이 쓰려는 글을 망치게 된다. 남의 글을 모방하라는 것은 글의 내용이 아닌 구성을 말한다. 글은 내용을 담는 가장 이상적인 구성이 따로 있다. 좋은 글의 구성은 그 내용을 가장 이상적으로 담고 있다고 해도 무방하다.

감상문을 쓰고 싶다고 가정해보자. 감상문을 어떻게 써야 할지 모를 때 훌륭한 감상문을 보고 어떻게 구성하고 있는지 파악하고 자신의 감상문을 쓰면 된다. 감상문을 더 효과적으로 쓰려면 훌륭한 감상문을 옆에 두고 내용만 바꿔 담는 것이다. 서두에 어떤 내용을 담고 본문에 어떤 내용을 어떻게 담고 있는지 결말은 어떻게 마무리하고 있는지 파악하고 그에 따라 내용을 담으면 큰 도움이 된다.

주변에는 수많은 유형의 글이 있다. 이 글들의 구조는 기본적으로 서두, 본문, 결말로 이루어지지만 세부 구성을 보면 다르다. 글의 구성이 유형에 따라 다른 것은 음식 내용물에 따라 담아내는 그릇이 다른 것과 같다. 일상에서 접하는 수많은 음식들이 있다. 음식들을 잘 살펴보면 그 내용물도 다르지만 음식을 담는 그릇들도 다르다. 이것은 음식을 담아내는 이상적인 그릇이 따로 있다는 의미다. 음식 내용물을 가장 이상적이고 합리적으로 담아내는 것이 그릇이고 어떤 그릇을 사용하는가에 따라 시각적인 만족감은 물론 맛의 차이도 알게 된다.

파스타를 만들어 라면그릇에 담으면 파스타의 제 맛을 느끼기 어렵다. 물론 내용물의 차이가 없다면 같은 맛을 내는 것은 기본이다. 그러나 육감적으로 파스타 맛을 잊고 파스타가 아닌 다른 음식으로 간주할 수도 있다. 특히 파스타를 라면그릇에 담으면 파스타가 아닌 잡탕이 될 수도 있다. 이것은 음식도 내용물을 담는 이상적인 그릇이 따로 있다는 의미다.

글쓰기를 잘하려면 쓰려는 글 유형의 훌륭한 구성을 보고 그 구성을 모방하는 것이 중요하다. 글 구성이 제대로 안 되면 아무리 좋은 내용을 담고 있더라도 훌륭한 글이 될 수 없다. 특히 글쓰기를 잘 못할 때는 훌륭한 글의 구성을 모방하는 것이 지름길이다.

훌륭한 글의 구성을 모방하다보면 어떤 내용을 어떻게 담아내야 할지 판단이 선다. 그 수준에 도달하면 다른 글의 구성을 모방하지 않더라도 어떻게 구성해야 할지 알게 된다. 처음에 고민되더라도 훌륭한 글의 구성을 모방하는 것이 훌륭한 글을 쓸 수 있는 방법이다.

Part 4

실전
글쓰기

" 기본적인 글 구성 구상이 끝난 다음 진행할 것은 실제 글쓰기다. 글 구상에서 기본 골격이 짜이면 내용을 채워 넣어야 한다. 이때 내용을 어떻게 전개하고 내용을 도출하기 위해 어떻게 표현하고 세부적으로 문장과 단어를 어떻게 써야 하는지에 대한 접근이 필요하다. 여기서는 내용물을 실제 한 편의 글로 만들어내는 과정인 셈이다. "

글을 써도 되는지 판단하라

••• 어떤 글을 쓰는지 파악하라

모든 글은 천편일률적으로 똑같이 써지지 않는다. 글의 유형에 따라 구성과 내용, 표현이 부분적으로 다르고 독자에 따라서도 다르다. 글의 구성 방식도 천편일률적이지 않고 표현도 글에 따라 달라야 한다.

글의 구성은 유형마다 조금씩 다르다. 주장을 펴는 글에는 2가지 유형이 있다. 단순 주장과 심층 주장 글이다. 단순 주장 글은 중심 메시지를 맨 마지막에 두고 심층 주장 글은 중심 메시지를 앞에 둔다. 신문 사설이 단순 주장의 대표적인 예다. 신문 사설을 보면 앞부분에서는 상황적인 내용을 전개하고 상황과 관련된 내용을 추가 서술한 다음 맨 마지막에 핵심 메시지를 담아낸다.

반면 심층 주장의 대표적인 예는 논술이다. 논술은 앞부분에 상황적인 내용을 서술하고 바로 핵심 메시지를 제시한다. 그 다음 핵심 메시지와 관련된 근거를 추가적으로 여러 개 서술한다. 이 부분은 어떤 내용을 담는가에 따라 글 구성이 부분적으로 다르다는 점을 보여준다.

기사도 담는 내용에 따라 구성이 달라진다. 담는 것이 사건인지 인터뷰인지에 따라 구성이 달라진다. 기사 구성은 애초부터 없었다. 취재기자 등장 후 40년 만에 생긴 구성이다. 처음에는 기자 나름대로 구성을 취해 보도했지만 어느 날 내용에 따른 구성을 취했더니 독자에게 이상적으로 전달되어 지금까지 기사 구성이 적용되어 사용, 유지되고 있다.

자기소개서에서 감상문 구성을 취하면 죽도 밥도 아니게 된다. 물론 글의 구성도 시대에 따라 조금씩 변하는 측면이 있다. 그 대표적인 예가 자기소개서다. 과거의 자기소개서는 서두를 밋밋하게 구성했지만 지금은 서두부터 주제를 확 끌어주는 내용을 담는다. 그 다음 이력 내용을 서술한다. 이것은 독자의 관심을 끄는 방법으로 선호되고 있다.

구직용 자기소개서는 매우 중요하다. 그러나 회사는 지원자의 수많은 자기소개서를 꼼꼼히 읽을 수 없다. 이런 상황에서 어떻게 구성해야 인사담당자의 시선을 끌지 고민해야 한다. 이처럼 글 구성은 글쓰기에서 매우 중요하다. 글 하나로 인생이 바뀔 수도 있는 것이다. 글을 구성할 때는 내용을 정확히 파악하고 이상적으로 담는 방법을 생각해야 한다. 그리고 그 내용이 어떻게 구성되는지 확인하고 시작하는 것이 바람직하다.

내용도 글마다 다르다. 일반적으로 글의 유형은 내용을 기준으로 구분된다. 문학 글과 비문학 글도 그렇고 비문학 글들 중 생활 글과 학술 글도 그렇다. 생활 글들 중 일기나 감상문, 비평문을 보더라도 확실히 알 수 있다. 일기는 개인의 하루 일과를 반성적으로 담아내고 감상문은 일상에서 접한 대상에 대한 느낌이나 소감을 담아낸다.

비평문은 대상에 대한 평가 내용을 서술한다. 특히 비평문은 감상이 아닌 좋은 점과 나쁜 점을 구체적으로 담아낸다. 표현도 부분적으로 다르다. 생활 글과 학술 글을 보더라도 표현이 다르다는 것을 알 수 있다. 표현은 내용을 도출하는 데 적합한 형태를 띤다. 그리고 대상에 따라 다르게 표현된다.

예를 들어 동일한 내용의 글도 독자 연령에 따라 글의 표현이 달라진다. 대상이 10대라면 청소년들이 즐겨 쓰는 표현을 곁들여 구어적인 표현을 쓰는 것이 좋다. 반대로 50대가 대상이라면 구어적인 표현보다 점잖은 표현이 좋다. 독자에 따라 표현이 달라진다는 점을 알 수 있다. 글을 쓸 때는 어떤 유형의 글을 쓰는지 기본적으로 파악해야 한다. 특히 글쓰기는 유형에 맞는 구성인지, 적합한 내용은 무엇인지, 그 내용에 적합한 표현은 무엇인지 구체적으로 알고서 해야 한다.

하나의 대상이 있다면 그것에 대해 완벽히 아는 것과 그렇지 않은 것은 엄청난 차이가 있다. 그 대상을 완벽히 아는 상태에서 타인에게 전달하려고 한다면 무엇을 어떻게 해야 할지 정확히 알 수 있다. 그러나 대상에 대해 완벽히 알지 못하면 그 대상을 어떻게 전달해야 할지 몰라 난감해진다.

글쓰기도 마찬가지다. 쓰려는 내용을 완벽히 파악했다면 쉽지만 그렇지 않다면 고역이 된다. 누군가에게 뭔가 얘기할 때 그 뭔가에 대해 잘 알고 있으면 얘기하지 말라고 해도 하려고 한다. 그러나 완벽히 알지 못하면 누군가 말을 시켜도 못하고 할 수도 없다. 달리 말하면 내용을 얼마나 완벽히 알고 있는가에 따라 말하고 싶은 욕망이 있고 없음을 말해준다.

흔히 글에서 무엇을 말하려는지 알 때까지 쓰지 말라는 말이 있다. 무엇을 쓸지 정확히 모르는 상태에서 글쓰기 한다고 생각해보자. 이때 글 쓰는 사람이 무엇을 말하려는지 모르고 쓴다면 내용은 횡설수설 서술되기 쉽고 독자도 글의 내용을 더더욱 알지 못한다. 글쓰기에서 내용을 완벽히 파악하고 이해해야만 하는 2가지 이유가 있다. 첫째, 나 자신의 글을 쓸 수 있다는 사실이다.

글쓰기에서 중요한 것은 자신의 글을 써야 한다는 점이다. 자신의 글이 아닌 남의 글을 쓰는 것은 전혀 바람직하지 않다. 자신의 글을 쓰려면 쓸 내용을 완벽히 파악하는 것이 우선이다. 무엇을 써야 할지 모른다면 제대로 된 글쓰기를 할 수 없다. 내용을 완벽히 파악하면 어떤 내용을 어떻게 써야 할지 알 수 있다.

흔히 개성 있는 글을 써야 한다고 종종 말한다. 개성적인 글이란 자기만의 글이다. 개성 있는 글은 기본적으로 남의 글과 내용이 달라야 한다. 남의 글과 다른 내용을 담으려면 쓸 내용을 완벽히 알아야만 가능하다. 내용을 어설프게 알아서도 안 된다. 쓸 내용을 완벽히 파악하지 못하면 훌륭한 글을 쓸 수 없고 어떤 내용을 어떻게 써야 할지도 모르게 된다.

예를 들어 피자 레시피를 제대로 모르면 인터넷이나 요리책의 조리법에 따라 만들어야 한다. 요리 순서가 하나라도 지켜지지 않으면 피자가 제대로 만들어질지 걱정하게 된다. 그러다보면 조리법에 따라 만들고 그것을 따르는 것이 정상이라고 생각한다. 그런데 평소 피자를 많이 만들고 조리법을 잘 안다면 얘기가 달라진다. 피자 조리법을 꿰뚫고 있다면 기존 조리법을 참고할 필요도 없다. 기존 방법과 다르게 피자를 만들 수 있다. 독특한 피자 맛도 낼 수 있다.

둘째, 남의 글을 베끼는 경우가 없어진다는 점이다. 글을 쓰다보면 남의 글을 참조하는 경우가 많다. 남의 글을 보면 내용상 흠잡을 데 없고 완벽하다고 생각하는 경향이 있다. 그러다보면 남의 글을 그대로 베끼게 된다. 하지만 남의 글이 완벽하다는 생각은 큰 잘못이다. 이것은 글쓰기를 제대로 못한다는 인식과 함께 자신이 쓸 글의 내용을 완벽히 알지 못한 상태에서 빚어진다.

담으려는 내용을 완벽히 파악한다면 남의 글이 완벽하지 않다는 점을 알게 된다. 결국 쓰려는 내용에 대한 완벽한 파악은 나만의 글을 쓸 수 있는 기본 토대다.

● ● ● 윤곽을 잡는다

글쓰기는 한 번에 끝나지 않는다. 쓰다가 고치거나 처음부터 다시 쓰기도 한다. 단 한 줄의 서두도 서술하기 어려울 때도 있다. 아무 생각도 안 나고 어떤 내용을 서술해야 할지 막연해진다. 그러면서 글쓰기 소질이 없다고 판단하고 만다. 무슨 일이든 해결하려면 마음가짐이 중요하다. 글쓰기도 마음먹기에 따라 쉽게 할 수 있다. 짧은 글을 쓸 때는 별로 어렵지 않다. 전달하려는 메시지가 간단하다보니 특별한 구성없이 간단히 서술하면 된다. 하지만 긴 내용의 글을 쓸 때는 고민하면서 어떻게 풀어나갈지 망설일 때도 적잖다. 이때는 전체 윤곽을 잡고 시작하는 것이 해결의 실마리가 될 수 있다.

글을 쓰려면 우선 서두에 어떤 내용을 쓰고 본문에 어떤 내용을 단계적으로 펼칠지 기본적으로 구상해야 한다. 그리고 거기에 맞는 내용을 서술해야 한다. 좀 더 구체적으로 접근하려면 전체 글을 단락으로 나누어 단락 내용을 무엇으로 할지 고려해도 무난하다. 전체 여러 단락으로 구성한다면 첫 단락은 서두가 되고 마지막 단락은 결말 부분이 된다. 문제는 본문이다. 본문 단락을 3개로 할지 4개로 할지 결정하고 어떤 내용을 어디에 둘지 생각한다.

많은 분량의 글도 비슷한 맥락에서 접근하면 된다. 많은 분량의 글은 대략적인 구성으로는 접근할 수 없다. 우선 개요적 구성을 하고 개요 항목에 어떤 내용을 담을지 판단하고 시작한다. 특히 하나의 항목을 한 편의 짧은 분량의 글로 고려해 접근하면 쉽게 진행할 수 있다.

학술논문을 쓴다고 가정해보자. 학술논문은 많은 분량의 글이므로 기본적으로 개요 구성을 하게 된다. 개요 구성도 학술논문 분량에 따라 복잡하게 구성된다. 박사학위 논문은 석사학위 논문보다 분량이 많아 개요 구성이 더 복잡하고 항목 수도 늘어난다. 이때 하나의 항목을 한 편의 짧은 글로 간주해 앞, 가운데, 마지막 부분에 각각 어떤 내용을 담을지 고려하면 글쓰기가 쉬워진다는 의미다.

좀 더 구체적인 예를 들어보자. '글쓰기와 말하기의 상관관계 연구'라는 학술 글을 쓴다고 가정해보자. 이때 기본적으로 목차를 만들어야 한다. 목차가 1. 서론, 2. 글쓰기와 말하기의 의미, 3. 글쓰기와 말하기의 상관성, 4. 결론으로 정해졌다고 가정해보자. 여기서 서론이나 글쓰기와 말하기의 의미, 글쓰기와 말하기의 상관성, 결론을 쓴다고 할 때 한 개 항목을 한 편의 글로 구성해 전개하라는 의미다. 구체적으로 글쓰기와 말하기의 의미 항목을 전개한다면 앞, 가운데, 마지막 부분에 어떤 내용을 쓸지 윤곽을 잡고 시작한다면 쉽게 쓸 수 있다는 의미다. 결국 글쓰기는 전체 글의 윤곽을 잡고 시작하는 것이 좋다.

● ● ● 단락은 기본만 익혀라

글은 하나의 텍스트 단위다. 하나의 텍스트에는 하나의 완결된 메시지가 담긴다. 텍스트는 한 편의 글이 될 수도 있고 하나의 문장이 될 수도 있다. 언어적으로 접근하면 언어 단위는 음소부터 음운, 단어, 구, 절, 문장, 단락, 텍스트 순으로 확대된다. 음소는 소리의 최소 단위, 음운은 뜻의 최소 단위, 단어는 분리해 자립적으로 쓸 수 있는 뜻의 단위다. 그리고 구는 2개 이상의 단어가 모인 토막 단위, 절은 주어와 서술어가 갖추어져 있지만 독립적인 메시지가 되지 않는 단위, 문장은 완결된 내용을 담아내는 최소 단위다. 단락은 여러 문장이 모여 이루어진 단위로 세부적으로 말하면 음소가 합쳐져 음운이 되고 음운이 합쳐져 단어가 되며 단어가 모여 절이 된다. 그리고 문장이 되고 문장이 모여 단락이 된다는 의미다. 결국 단락은 여러 문장이 모여 이루어지고 독자들이 글 전체를 이해하기 쉽도록 내용상 매듭짓는 단위라고 봐도 무방하다.

하지만 단락은 기본적으로 주제문과 뒷받침문으로 이루어진다. 주제문은 단락의 주제가 되는 문장이며 뒷받침문은 주제문의 내용을 뒷받침하는 문장이다. 단락에서 주제문의 위치에 따라 두괄식 단락, 미괄식 단락, 양괄식 단락 등으로 나뉜다. 두괄식 단락은 주제문이 단락의 첫 문장에 놓이는 경우이고 미괄식은 단락의 마지막에 놓이는 경우다. 양괄식은 주제문이 처음과 마지막에 놓이는 경우다.

그럼 단락을 어떻게 전개하는 것이 글을 쓸 때 효과적일까? 글을 어떻게 쓰는가에 따라 단락 구성 방법이 달라지지만 일반적으로 가장 좋은 방법은 두괄식이다. 그럼 왜 두괄식이 좋은 것일까? 무엇보다 두괄식은 쓰려는 주제를 먼저 제시하기 때문이다. 한 마디로 독자의 궁금증을 바로 풀어주는 것이다.

말하기도 마찬가지다. 친구나 주변사람과 대화하다보면 가끔 속 터지는 경우가 있다. 상대방이 무슨 말을 하는 건지 도대체 알 수 없을 때가 있다. 이때 맨 먼저 내뱉는 한 마디가 "도대체 뭘 얘기하려는 거야?"다. 이 말은 상대방이 어떤 메시지를 전하려는지 핵심을 파악하지 못한다는 의미다. 상대방은 뭔가 열심히 구구절절 늘어놓지만 듣는 사람 입장에서는 도대체 무슨 얘기를 하려는지 알 수 없다. 속 터지는 것이다.

단락은 소주제에 대한 말하기 단위다. 소주제 말하기를 할 때 먼저 핵심을 던진 다음 그것에 대한 설명을 덧붙이면 된다. 여기서 핵심은 글 단락의 주제문이 되고 그것에 대한 설명은 뒷받침 문장이 된다. 말하기에서 핵심 내용을 먼저 던지고 설명하는 것은 핵심 내용을 설득력 있게 하기 위해서다.

예를 들어 "그 친구는 상당히 착하다."라고 말한다고 가정해보

자. 이때 상대방은 이 한마디로 그 친구가 진짜 착한지 알 수 없다. 설득되지도 않는다. 이 말을 설득력 있게 하려면 설명을 덧붙여야 한다. 덧붙이는 설명이 글 단락의 뒷받침 문장이 된다. 그러니 앞으로는 무조건 주제문을 먼저 서술한 다음 주제문을 설명하는 내용의 문장을 덧붙여보라. 그럼 메시지가 명쾌히 전달된다. 물론 모든 단락이 두괄식으로 구성되는 것은 아니다. 미괄식이나 양괄식으로 구성되기도 한다. 그러나 미괄식이나 양괄식은 긴 글 특히 논문을 쓸 때 부분적으로 활용된다.

일반적인 실용 글은 두괄식 전개가 가장 이상적이다. 실용 글의 두괄식 전개는 말하기에도 그대로 적용된다. 말하기가 어떤 방식으로 실행되는지 이해하면 더 쉽게 파악할 수 있다. 서구인들은 두괄식 화법을 선호한다. 먼저 핵심부터 던진 다음 추가 설명을 붙인다.

하지만 동양인들은 미괄식 화법을 많이 사용한다. 핵심을 먼저 던지기보다 맨 나중에 던진다. 여기에는 유교사상의 영향으로 겸손이 미덕이라는 요소가 부분적으로 반영된 탓도 있다. 말할 때 노골적으로 주장하기보다 여러 설명을 한 다음 주장하는 것이 동양인의 화법이다.

오늘날은 글로벌화 되었다. 화법 연구도 많이 진행되고 있다. 어떤 화법을 구사해야 상대방에게 메시지를 명확히 전달할지 생각해보면 문제는 쉽게 해결된다. 앞으로는 말할 때도 핵심 주장부터 먼저 한 다음 추가 내용을 전개하는 방법을 써보자. 그 방법을 글의 단락 전개에서 고스란히 적용하면 좋은 단락을 쓸 수 있다.

글의 기본 구조를 의식하라

● ● ●

● ● ● 서두에서 관심을 유도하라

글쓰기는 기본 이론을 알고 응용하면 쉽게 잘할 수 있다. 글을 쓸 때 매우 어려워하는 부분이 바로 서두 쓰기다. 글의 시작 부분이고 시작을 잘해야 전체를 잘 쓸 수 있을 것 같은 부담감 때문이다. 물론 서두를 잘 쓰기란 쉽지 않다. 서두를 쓴 다음 본문이 잘 풀리지 않으면 서두를 다시 쓰라는 말도 있다.

이것은 서두를 어떻게 쓰는가에 따라 본문이 잘 쓰일 수 있다는 의미다. 그렇다고 쓰기를 지나치게 두려워할 필요는 없다. 방법이 있다. 서두 쓰기는 글의 도입부이고 본문 쓰기를 위해 어떤 내용을 제시하면 좋을지 판단해보는 것이 도움이 된다. 서두를 쓸 때 서두의 존재 이유를 분명히 알면 어느 정도 해결된다. 서두는 본문 서술을 위한 서곡이다. 그러므로 무엇을 서술해야 본문을 잘 이끌지에 초점을 맞추어야 한다. 메시지의 구조에서 서두의 역할은 관심을 유도하고 흥미를 유발하는 것이다. 그렇다면 서두를 쓸 때 어떻게 관심을 유도하고 흥미를 유발할지 고민하면 된다.

　서두 쓰기 방법은 다양하게 제시된다. 정의하기를 비롯해 상황 끌어들이기, 사례 제시하기 등이 있다. 하지만 이 방법들을 실제로 활용하는 것은 쉽지 않다. 그리고 실제 그 방법을 사용하더라도 부적절한 경우도 있다. 여기서 중요한 것은 어떤 방법을 취해야 독자가 관심과 흥미를 가질지 생각해보는 일이다.

　누군가에게 사랑 고백 편지를 쓴다고 가정해보자. 이때 첫 시작을 어떤 내용으로 써야 자연스럽게 사랑 고백의 핵심 메시지를 수용할지 고민하면 된다. 그렇다면 어떤 내용이 서두에 적합할까? 사랑을 말로 고백한다고 생각해보자. 면전에 상대방이 있는 자리에서 느닷없이 "○○야, 사랑해."라고 말한다면 상대방의 반응이 어떨까? 자리를 박차고 나가거나 뺨을 후려칠 수도 있다. 상대방이 전혀 준비가 안 된 상태라면 당황스러울 뿐만 아니라 "도대체 뭐하는 거야?"라며 적잖게 화내게 된다. 그럼 사랑 고백은 고사하고 더 이상 만날 수도 없는 처지가 되고 만다.

　서두는 독자가 읽기 위한 마음의 준비를 하는 부분이며 어떻게 해야 독자가 관심을 갖고 메시지를 받아들일지 고민하면 된다. 이때 상대방을 처음 만난 당시 인상부터 지금까지 겪어온 사실을 차분히 전개하면 상대방은 조용히 듣고 결국 사랑 고백을 받아들이게 된다.

　서두를 쓸 때는 어떤 내용을 서술해야 상대방의 관심을 끌지 고민해야 한다. 독자의 관심과 흥미를 유발하려면 "우리가 처음

본 게 6개월 전이었나? 그때 넌 정말 볼품없고 촌스럽고 내 이상형도 아니었어. 심지어 널 보는 것도 싫었어. 그런데 갑자기 얼마 전부터 네 행동이나 모습이 전혀 새롭게 느껴지기 시작했어. 갑자기 네 모습이나 행동들이 세련되고 친근해 보였어. 그래서 지금 널 사랑하는 것 같아."라고 서두에 전개하면 이상적이다. 따라서 서두에 어떤 내용을 전개해야 상대방의 관심을 유도하고 흥미를 유발할지 생각하면 서두 쓰기가 어느 정도 풀린다.

한국과 중국이 정상회담을 한다고 가정해보자. 이때 두 정상은 회담의 핵심 내용을 먼저 꺼내지 않는다. 회담 시작부터 상대방에게 부담을 주지 않으려는 것이다. 이처럼 두 정상은 만나자마자 정식 의제를 논의하기보다 자연스럽게 주변 상황이나 날씨 등의 이야기로 실마리를 풀어나간다.

예를 들어 "오늘 날씨가 꽤 따뜻하군요. 그동안 눈도 많이 오고 매우 추웠습니다. 오늘 날씨가 화창하고 따뜻한 것을 보니 회담도 잘 진행될 것 같습니다."라고 언급한다. 말하기든 글쓰기든 거의 똑같이 적용된다. 글쓰기에서도 핵심 메시지를 전달하기 위해 어떤 내용을 서두에 서술해야 좋을지 다시 말해 서두에 어떤 내용을 써야 상대방의 관심을 유도하고 흥미를 유발할지 판단하면 된다. 글쓰기의 서두 역할을 분명히 인지해야 한다.

• • • 본문에는 핵심을 담는다

본문에서는 역할을 생각하면 된다. 본문은 메시지의 핵심 내용을 담는 부분이다. 신체에 비유하면 몸통에 해당한다. 인간의 몸통에는 중요한 장기가 모두 담겨 있다. 신체를 지탱하는 호흡기관은 물론 소화기관도 모두 몸통에 있다. 글의 본문도 신체의 몸통이라고 생각하면 된다.

글쓰기는 기본적으로 독자를 중심에 두어야 한다. 말하기가 청자 중심으로 이루어지듯이 글쓰기는 독자 중심으로 이루어져야 한다. 본문 내용도 독자가 알고 싶어 하는 것을 파악해 그 내용을 담아내면 된다. 본문의 역할은 메시지의 핵심을 담는 것이다. 메시지의 핵심을 필자가 일방적으로 서술하는 것은 좋지 않다. 독자가 궁금해하는 내용을 고려해야 한다.

글쓰기나 말하기는 필자나 화자가 일방적으로 해선 안 된다. 독자와 청자가 필요한 정보나 메시지를 효과적으로 담아내 소기의 목적을 달성하는 것이다. 기사 작성 과정을 생각해보자. 기사 작성 과정은 일반 글쓰기 과정과 같다.

글감 찾기 ⇨ 주제 잡기 ⇨ 자료 수집
⇨ 글 구성하기 ⇨ 글쓰기 ⇨ 글 고치기

기사 작성 과정은 일반 글쓰기 과정과 거의 같지만 일반 글쓰기의 자료 수집이 취재가 된다. 그럼 한 편의 기사를 쓸 때 글감을 기획하고 주제를 잡고 취재하고 기사를 쓰는 것은 누구를 위한 것인가? 모든 것이 독자를 위한 것이다.

미혼 과학자가 있다고 가정해보자. 기자가 그 과학자를 기획한다면 그 기획은 독자를 중심에 두고 이루어진다. 그리고 그 과학자로 기획할 수 있는 주제는 많다. 학자로서의 과학자, 미혼으로서의 과학자, 과학 분야 종사자인 미혼남 등이 될 수 있다. 만약 미혼으로서의 과학자라는 주제를 잡았다면 그 주제는 당연히 기자 본인이 아닌 독자를 염두에 두고 잡게 된다. 그리고 그 과학자를 취재할 때도 기자의 궁금증이 아닌 독자의 궁금증을 염두에 두고 취재한다.

또한 기사를 쓸 때도 기자의 궁금한 내용이 아닌 독자의 궁금한 내용에 초점을 맞추어야 한다. 그런 만큼 기사 생산 과정은 독자 중심이고 모든 과정이 독자를 위해 이루어진다. 독자는 기자의 이런 노고에 대한 보답으로 미디어를 구매한다. 결국 기사는 독자를 중심에 두고 독자의 궁금증을 고려하고 그 내용을 담아낸다.

일반 글쓰기의 본문에서도 독자가 글의 주제에 대한 궁금증을 염두에 두고 내용을 담아야 한다. 특정한 주장을 한다면 그 주장에 대한 타당한 근거를 본문에 담아 주장의 설득력을 갖게 해야 한다. 본문에서는 메시지의 핵심 내용을 어떻게 담아낼지 고민하면 쉽게 해결할 수 있다.

'동성결혼을 반대한다.'라는 주장 글을 쓴다고 가정해보자. 서두에서는 동성결혼의 실태나 상황을 언급하고 본문에서는 동성결혼 반대 근거를 담아내면 된다. 동성결혼 반대 근거로는 흔히 '종족 유지가 어렵다', '결혼의 의미를 퇴색시킨다', '부모의 올바른 역할을 수행할 수 없다' 등을 들 수 있다.

본문에서는 이 3가지 근거를 하나씩 서술하면 된다. A4 한 페이지 분량의 글이라면 서두에 "동성결혼을 반대한다."라는 주장과 함께 본문에서는 첫째, 종족 유지가 어렵다. 둘째, 결혼의 의미를 퇴색시킨다. 셋째, 부모의 정상적인 역할을 수행할 수 없다. 이 3가지 근거를 하나씩 열거하고 거기에 따른 부연 설명을 덧붙이면 본문이 완성된다. 결국 본문은 핵심 메시지를 담아내는 공간이며 이 핵심 메시지를 어떻게 나열할지 고민하면 어느 정도 쉽게 할 수 있다.

● ● ● 결말에서는 끝맺어라

결말은 말 그대로 마무리 짓는 부분이다. 결말 부분에서는 메시지를 최종적으로 정리한다. 그렇다면 결말 부분에서는 어떤 내용을 담아야 할까? 흔히 본문 내용을 요약하고 마무리 지어야 한다고 주장한다. 그러나 모든 글의 결말 부분에서 본문 내용을 요약, 마무리하는 것은 아니다.

결말 부분에서 핵심 내용을 요약, 마무리하는 대표적인 글은 학술논문이다. 학술논문의 결론에서는 본론 내용을 요약하고 최종 마무리한다. 학술논문의 결말에서 본론 내용을 요약하는 것은 글의 분량이 많기 때문이다. 학술논문의 본론은 장황하게 펼쳐진다. 분량도 엄청나다. 본문이 많은 분량으로 전개되다보니 독자는 본론 내용을 모두 기억하지 못한다. 한마디로 본론의 장황한 내용을 잊게 된다.

그래서 학술논문의 결론에서는 본론 내용을 요약하고 마무리 짓는다. 전적으로 독자를 고려한 부분이다. 하지만 분량이 적은 글의 결말에서는 본문 내용을 요약하면 절대 안 된다. 적은 분량 글의 결말 부분에 본문 내용을 요약하면 내용이 중복된다. 이것은 전혀 바람직하지 않다.

A4 한 페이지 분량의 글을 쓴다고 가정해보자. 결말 부분에서 본문 내용을 요약하고 마무리 짓는다고 생각해보자. 이것은 내용 중복을 가져오므로 적절한 결말 쓰기가 아니다. 독자 입장에서도 A4 한 페이지 분량의 글에서 본문 내용을 잊을 수 없고 전체 내용도 한 눈에 파악할 수 있다. 그럼에도 불구하고 결말 부분에서 본문 내용을 요약한다는 것은 내용을 중복시키는 꼴이된다.

결말은 메시지를 마무리하는 부분이다. 많은 분량의 글에서는 본문 내용을 요약하고 마무리 지으면 되지만 적은 분량의 글에서는 본문을 요약하지 않고 마무리 지어야 한다. 메시지의 마무리를 짓는 것은 어렵지 않다. 전달하려는 메시지를 어떻게 종결 지을 수 있을지 고민하면 된다.

"나는 널 좋아한다."라는 고백의 핵심 메시지를 본문에 담았 다고 가정해보자. 그럼 사랑하는 이유를 본문에 나열한 다음 결 말 부분에서 종결지으면 된다. 여기서는 "나는 너와 반드시 결 혼하겠다."라거나 "나는 너 없이 살 수 없다. 너와 평생 함께 하 겠다."라는 마무리를 지어야 한다. 만약 결말 부분에서 메시지를 종결짓지 않으면 "날 사랑하는데 도대체 어쨌다는 거야?"라는 반문이 생긴다. 그러므로 결말을 쓸 때는 결말의 역할을 고려하 고 메시지를 종결하는 데 적합한 내용을 담으면 쉽게 해결된다.

친구와 대화할 때 대화를 어떻게 마무리하는지 생각해보라. 글쓰기도 말하기와 다르지 않다. 메시지의 구조나 구성은 거의 같다. 대화의 마무리를 어떻게 지을지 고려하고 그것을 글쓰기 의 결말에 가져온다고 생각하면 결말을 쓰는 것은 어렵지 않게 느껴진다. 반드시 결말의 역할을 고려해 결말을 쓴다면 메시지를 쉽게 마무리 지을 수 있다.

내용은 정확히 기술하라

● ● ●

● ● ● 글의 내용은 생명이다

글쓰기에서 기본적으로 챙겨야 할 것은 내용의 정확성이다. 내용의 정확성은 글의 생명과도 같다. 내용이 엉터리이고 거짓인 글은 존재 가치가 없다. 실제 글쓰기에서는 내용이 정확한지 반드시 확인해야 한다.

누군가에게 메시지를 전달한다고 가정해보자. 그 메시지가 거짓이거나 엉터리라면 문제가 심각해진다. 메시지 전달자는 신뢰받을 수 없으며 수용자는 그것을 들은 자체만으로도 불쾌하다. 글쓰기도 말하기와 같다. 물론 글의 유형에 따라 다르지만 일반 글쓰기에서는 반드시 명심할 부분이다.

흔히 기사는 대중적인 글의 표본으로 언급된다. 기사는 사실 정보를 객관적으로 담아내는 보도 형식의 글이다. 기사에 담긴 정보가 거짓이거나 엉터리라면 그 기사는 큰 문제가 된다.

언론보도 유형으로는 공정보도와 편파보도, 왜곡보도, 허위보도가 있다. 공정보도는 공정한 사건 보도이고 편파보도는 한쪽에 편향된 보도다. 왜곡보도는 말 그대로 사실을 왜곡한 보도이고 허위보도는 없는 사실을 꾸민 보도다. 여기서 가장 이상적인 보도는 공정보도이고 나머지는 문제가 있는 보도다.

물론 편파보도는 언론 시각에 따라 편향적으로 접근하는 경향이 있어 어느 정도 용인되는 부분도 있다. 그러나 왜곡보도와 허위보도는 문제가 심각해질 수 있다. 왜곡보도와 허위보도는 명예훼손이나 적잖은 사회적 파장을 불러올 수 있고 이 보도들은 결국 사실을 정확히 담지 않은 데서 비롯된다.

기사는 미디어의 핵심 콘텐츠다. 기사에서는 지명, 인명, 전화번호, 직함까지 정확히 기술하는 것이 기본이다. 기사가 신뢰를 못 주면 그 미디어는 존재하기 어렵다. 미디어에서 허위보도나 왜곡보도를 하면 독자는 그 미디어를 구매하지 않게 된다. 흔히 신문을 보면 2면에 '바로 잡습니다'라는 정정란을 볼 수 있다. 거기서 '모 기업의 과장으로 표현된 것을 부장으로 바로 잡습니다.'라는 정정 내용을 볼 수 있다. 일반 독자 입장에서는 회사의 부장이든 과장이든 별로 중요하지 않지만 미디어에서 내용의 정확한 기술은 생명과도 같다.

일반 글에서도 내용의 정확성이 확보되지 않으면 안 된다. 일반 글쓰기에서도 내용은 무슨 일이 있더라도 정확히 담아내야 한다. 이것은 글쓰기의 기본 중 기본이다. 내용의 정확성을 기하려면 내용을 기술할 때 정확한지 한 번 더 점검해야 한다.

내용이 애매하거나 불확실하다고 판단되면 자료를 찾거나 웹상에서 검색해 반드시 확인하고 기술해야 한다. 내용이 엉터리면 그 글은 생명력을 지닐 수 없을 뿐만 아니라 글로서의 존재 가치가 없다고 인식해야 한다.

● ● ● 사고 논리에 따라 전개하라

글쓰기에서 가장 큰 고민은 내용 전개 방법이다. 글의 주제와 내용을 충실히 파악하더라도 전체 내용을 어떤 식으로 기술하는가에 대해 적잖게 고민한다. 또한 글을 쓰다보면 다양한 내용이 전개된다. 글에 따라 시간적인 내용이나 공간적인 내용이 전개된다. 그리고 어떤 글에서는 이 3개 내용이 모두 전개되고 일부 글에서는 공간적인 내용과 시간적인 내용이 동시에 전개되다가 갑자기 일반적인 내용이 전개된다. 이때 고민할 필요 없이 사고논리를 따르면 된다.

사고논리란 일상적으로 받아들이는 생각 순서다. 나무는 어떻게 자라는가? 나무는 우선 뿌리에서 새싹이 돋아나 잎이 나고 줄기가 자라며 성장한다. 사고논리는 바로 일상에서 당연하게 생각하는 순리적 이치다.

내용을 전개할 때는 어떻게 해야 사고논리를 따라줄 수 있을지 고려하면 된다. 여기에는 자의적으로 논리를 세우는 것이 아니라 자연스럽게 인식하고 받아들이는 일상 방식이 어떤지 염두에 두면 어느 정도 해결된다.

● ● ● 내용 전개 5대 원칙

글의 내용은 단순하지 않고 복잡하다. 일상에는 전달할 수 있는 수많은 내용들이 있고 이것을 글로 전달하려면 내용은 다양해질 수밖에 없다. 하나의 내용을 단순히 담는 글도 있지만 여러 내용을 복잡하게 담는 글도 있다.

글의 내용은 크게 4가지로 나눈다. 일반적인 내용, 시간적인 내용, 공간적인 내용, 주제적인 내용이다. 이 내용들이 글을 쓸 때 내용의 큰 줄기가 되는 것이 일반적이다. 이 내용들이 전개되는 원리를 알면 글쓰기를 쉽게 할 수 있다.

❶ 포괄적인 것부터 전개하라

글의 내용을 논리적으로 전개하라는 말은 어느 정도 이해하지만 실제로 어떻게 해야 하는지 잘 모른다. 논리적이라는 표현에 "내용의 앞뒤가 맞으면 되겠지"라고 생각하지만 막상 글로 써보라면 잘 못한다.

한 편의 글에는 다양한 내용들이 동원되고 내용들도 천편일률적이지 않다. 단순한 내용도 있고 복잡한 내용도 있다. 그러나 글쓰기에서 가장 흔히 활용되는 것은 일반적인 내용이다. 일반적인 내용이란 일부분에 한정되지 않고 전체적으로 포괄적인 내용을 말한다. 일반적인 내용은 기본적으로 서술되는 내용이라고 봐도 된다. 그러나 일반적인 내용도 사고논리를 따라주는 것이 전개의 기본 원칙이다.

일반적인 내용은 흔히 포괄적 내용과 세부적 내용으로 구분할 수 있다. 포괄적 내용은 전체를 아우르는 윤곽적인 내용이고 세부적 내용은 전체를 구성하는 미세한 내용이다.

박스를 묘사한다고 가정해보자. 박스를 묘사할 때 포괄적인 내용은 외형적인 틀이 되고 세부적인 내용은 박스 속 내부가 된다. 그럼 박스를 어떻게 인식하는가? 대부분 외형적인 틀부터 고려하고 내부적인 부분으로 접근한다.

글쓰기에서도 포괄적인 내용을 먼저 서술한 다음 세부적 내용을 전개해야 한다. 그것이 바로 사고논리를 따르는 방식이다. 포괄적 내용이 먼저 서술되는 것은 글에서 담으려는 대상의 윤곽을 먼저 제시한다는 의미다. 그 다음 세부적 내용이 제시되어야 순서적으로 맞다.

강의실을 주제로 글을 쓴다고 가정해보자. 글에서 담아내는 내용으로 강의실의 책상과 의자, 단상, 모양과 크기 등이 있다면 어떻게 서술할 것인가? 우선 언급할 것은 강의실의 모양과 크기다. 강의실의 모양과 크기부터 언급한 다음 강의실의 단상과 책상, 의자 등을 서술해야 한다.

만약 강의실의 책상이나 의자, 단상부터 먼저 서술하면 독자들은 먼저 강의실이 어떻게 생겼고 얼마나 큰지 궁금해한다. 강의실 모양과 크기를 먼저 서술하면 독자는 그 부분을 먼저 머리에 넣은 다음 단상이나 책상, 의자를 머릿속에 차곡차곡 넣을 수 있게 된다. 이것이 바로 사고논리를 따르는 방식이다.

하나의 대상을 그림으로 그린다고 생각해보라. 그림을 그릴 때 대상의 전체 윤곽부터 그린 다음 세부적인 부분을 그려 넣는다. 얼굴을 그린다면 먼저 얼굴 윤곽을 그린 다음 눈, 눈썹, 코, 입

등을 그린다. 물론 세부적인 부분을 먼저 그리고 마지막에 전체 윤곽을 그리는 경우도 있다. 물론 이것이 보편적인 것은 아니다. 개인 취향이나 그림 그리는 특이한 방식에서 비롯되었다고 봐야 한다. 이것은 일반적인 사고논리가 아니다. 사고논리는 보편적으로 적용되는 논리라고 할 수 있다.

또 다른 예를 들어보자. 길을 가다가 낯선 사람을 만나면 우선 그의 외형적인 모양새를 파악한 다음 이목구비나 신체 부분을 파악하게 된다. 결국 일반적인 내용에서는 포괄적인 내용을 먼저 서술한 다음 세부적인 내용을 전개하는 것이 사고논리를 따르는 셈이다. 결국 일반적인 내용 전개에서는 포괄적인 내용부터 먼저 서술한 다음 세부적인 내용을 서술해야 한다.

포괄적인 내용의 우선적인 서술은 독자가 전체 글 내용의 윤곽을 먼저 제공받도록 하는 데 있다. 특정 사물을 파악할 때는 우선 전체적인 윤곽부터 본다. 그리고 세부적인 부분을 파악한다. 일상에서 사물을 어떻게 인식하는지 고려하면 일반적인 내용도 어렵지 않게 전개할 수 있다.

다음은 시간적 내용의 전개 사례이다.

컴퓨터의 구성

컴퓨터는 일상에서 없어선 안 될 필수품이다. 컴퓨

터는 개인적인 통신 기능뿐만 아니라 다양한 정보를 받고 수집하는 데 크게 일조한다. 컴퓨터는 크게 4개 부분으로 구성된다. 우선 본체는 컴퓨터의 기본 기능 장치와 핵심장치를 담은 부분이다. 특히 본체는 내부적으로 다양한 장치와 기능이 연결되어 신체의 심장 기능과도 같다. 모니터는 컴퓨터 화면을 말한다. 모니터는 본체의 기능적 부분을 시각적으로 나타내는 역할을 한다. 모니터는 작업자의 필요에 따라 다른 크기를 선택한다.

키보드는 컴퓨터 기능을 실행하는 기능을 한다. 여기에는 기본적으로 글자 입력이 중심이지만 화면 변화나 서체 변경 등의 기능도 수행할 수 있다. 마우스는 모니터상의 메뉴를 지시한다. 모니터상의 메뉴를 선택해 메뉴를 열거나 닫으며 불필요한 메뉴의 삭제 유도 기능도 한다.

⯈ 여기서는 컴퓨터에 대한 설명을 하고 있다. 컴퓨터에 대한 전체적인 윤곽을 '컴퓨터는 크게 4개 부분으로 구성된다'라는 표현으로 서술한 다음 세부적인 내용을 하나씩 전개한다. 이 것이 바로 포괄적인 내용부터 세부적인 내용으로 전개하는

기본적인 방식이다.

❷ 과거-현재-미래 순으로 전개하라

글을 쓰다보면 시간적인 내용을 전개하는 경우가 적잖다. 시간적인 내용이란 시간의 흐름을 담은 내용이다. 모든 일은 시간의 흐름에 따라 진행된다. 인간이 태어나 자라면 성인이 되고 나이들어 죽는 것도 시간의 흐름에 따른다. 그 과정에서 인간은 다양한 경험을 한다.

시간적 내용은 인간이 시간에 대해 어떤 사고논리를 갖고 있는지 파악하면 해결된다. 우리는 시간 덩어리를 어떻게 인식하고 있는가? 일반적으로 시간은 현재, 과거, 미래 덩어리로 인식된다. 그럼 시간 덩어리를 논리적으로 어떻게 인식하는지 생각하면된다. 우리는 시간에 대한 사고를 '과거 ⇨ 현재 ⇨ 미래' 순으로 인식한다. 이것은 시간적 내용을 전개할 때 과거부터 현재, 미래순으로 전개해야 한다는 의미다.

2000년부터 2014년까지의 시간적 내용을 서술한다고 가정해보자. 이때는 2000년부터 2014년까지 시간적으로 일어난 순서대로 전개해야 한다. 시간적 흐름을 따르지 않으면 사고논리가 뒤엉킨다. 다시 말해 2000년 ⇨ 2012년 ⇨ 2010년 ⇨ 2008년 ⇨ 2003년 ⇨ 2014년 순으로 시간적 내용을 전개하면 천재가 아닌 이상, 내용을 알 수 없다는 것이다.

결국 시간적 내용은 인간이 시간에 대해 어떤 사고논리를 갖고 있는지 판단하면 된다는 말이다. 이것은 일상에서도 그대로 적용된다. 흔히 글쓰기와 말하기는 서로 다르다고 인식하지만 메시지 전달 측면에서는 거의 같은 패턴으로 이루어진다. 인간의 의사소통 입장에서 보면 거의 같다.

친구모임에서 자기소개를 한다고 생각해보자. 자신을 소개할 때는 유치원, 초등학교, 중학교, 고등학교 순으로 소개하는 것이 일반적이고 정상적이다. 그런데 전체 내용을 시간 순으로 안 하고 고등학교 ▷ 초등학교 ▷ 중학교 ▷ 대학교 순으로 소개한다면 "저 사람 좀 이상하다"라는 의심을 받는다. 이것은 시간적 내용을 언급할 때 과거, 현재, 미래 순으로 하는 것이 사고논리를 따르는 것이기 때문이다.

물론 현재에서 과거로 서술되는 글도 있다. 이력서가 이에 해당된다. 이력서에서 과거보다 현재가 더 중요하다는 판단 때문이다. 이때 현재부터 과거로의 시간적 순서로 전개해야 한다. 만약 현재부터 과거로의 시간적 순서를 따르지 않고 뒤엉키게 하면 사고논리를 거스르는 것이다.

시간적인 순서로 전개되는 대표적인 글로는 역사 기술이 있다. 역사는 과거, 현재, 미래로 진행된다. 역사 서술 방식은 인간의 사고논리를 따라 전개되는 방식이다. 결국 시간적 내용은 시간이 전개되는 순서에 따라 전개하는 것이 상식이고 이상적이다. 시간적 순서를 뒤죽박죽 섞으면 사고논리에 역행하는 것이다.

다음은 시간적 내용의 전개 사례이다.

서울 올림픽공원

　서울 올림픽공원은 1988년 서울올림픽 당시 조성된 공원이다. 전체 46만 평에 이르는 공원에는 몽촌해자와 몽촌토성을 중심으로 자연친화적인 공원이다. 특히 올림픽공원에서는 도심 속에서 4계절의 변화를 직접 체험할 수 있다. 봄이 되면 나뭇잎 새싹이 새로 돋고 봄꽃이 만개한다. 이때 공원을 찾으면 자연이 주는 봄 기운을 한껏 느낄 수 있을 뿐만 아니라 봄이 주는 자연의 아름다움을 음미할 수 있다.

　여름이 되면 이곳은 더 울창한 녹음이 드리워진다. 몽촌해자 주변에 늘어선 수양버들을 비롯해 토성 언덕길을 따라 늘어선 소나무의 짙은 녹음은 여름 무더위를 식혀줄 정도다. 특히 여름철이면 짙은 녹음 속에서 들려오는 매미소리도 운치 있다. 가을에는 그야말로 오색단풍으로 물든다. 우람하게 자란 나무들의 잎사귀들이 다양한 색으로 갈아입고 바람에 떨어지는 낙엽을 따라 거닐면 한적한 시골 어느 곳에 와 있는 착각을 일으킨다.

　겨울도 자연의 아름다움을 선사한다. 겨울에는 나뭇가지 잎사귀가 모두 떨어지지만 눈이 오면 나뭇가지는

흰 옷으로 덮인다. 특히 함박눈이 내리면 마치 설국에
온 것 같은 착각도 일으킨다.

○ 서울 올림픽공원에 대한 서술이다. 여기서는 올림픽공원의
사계절에 대한 내용을 서술한다. 이때 시간적 변화나 흐름에
따라 봄, 여름, 가을, 겨울 순으로 전개되어야 한다는 점이다.
사계절의 변화를 여름, 겨울, 봄, 가을 순으로 전개하는 것은
사고논리에 맞지 않다. 결국 시간 흐름에 따른 서술이 사고논
리에 따르는 것이다.

❸ 중요한 공간부터 전개하라

공간은 주변에 수없이 많다. 우리가 가까이서 접하는 건물, 자
동차가 다니는 도로, 강, 산도 공간이다. 눈에 안 보이는 허공도
공간이다.

공간이란 물리적, 심리적으로 퍼진 범위를 말한다. 물리학적으
로는 물질이 존재하고 여러 현상이 일어나는 장소를 말한다. 한
마디로 줄이면 영역을 의미한다. 우리 주변에 수없이 많은 공간
으로는 물리적 공간과 비물리적 공간이 있다.

공간적 내용의 전개 방법으로 2가지가 있다. 기준점을 둔 전개
방법과 기준점을 두지 않은 전개 방법이다. 기준점을 둔 전개 방

법은 기준에 따라 펼쳐지는 공간의 순서대로 전개하면 된다.

상암동 월드컵공원을 생각해보자. 월드컵공원 입구부터 마지막 지점까지 나타나는 공간을 서술하려면 입구부터 나타나는 공간 순으로 전개하면 된다. 입구에서 등장하는 공간부터 그 다음에 등장하는 공간, 마지막에 등장하는 공간 순으로 서술하면 된다. 건물 공간도 마찬가지다. 건물 공간을 서술하려면 분리부터 해야 한다. 공간을 분리할 때는 좌측이든 우측이든 기준점을 두어야 한다. 대부분 좌측에 기준점을 두고 분리한다. 그렇다면 좌측부터 우측으로 분리된 공간 순으로 서술하면 된다는 의미다.

방을 생각해보자. 방을 4개로 분리해 서술하면 오른쪽부터 왼쪽 순으로 전개하든지 왼쪽부터 오른쪽 순으로 분리해 전개해야 한다. 이때 맨 왼쪽과 맨 오른쪽을 서술한 다음 두 번째 왼쪽 부분이나 두 번째 오른쪽 부분을 서술하면 바람직하지 않다. 사고 논리의 혼란을 부르고 공간 내용을 제대로 이해하기 어렵게 된다. 어느 쪽을 기준으로 하든 그 기준에 따라 순서대로 서술해야 한다. 기준에 맞추어 서술하지 않으면 결국 사고논리를 못 따르게 된다.

공간적인 내용 서술에서 기준점 존재 여부는 앞부분에서 암시된다. 앞부분에서 올림픽공원은 자연친화적인 공원이다. 공원 전체 면적은 46만 평에 이르고 곳곳에는 백제시대 토성이 산재되어 있다. 공원 입구에 들어서면 맨 먼저 보이는 것이 1988 서울올림픽 기념탑이다. 여기서 보면 '입구에 들어서면'이라는 암시가 되어 있다.

이때 입구부터 끝 지점까지 나타나는 공간 순으로 전개될 것임을 암시한다고 할 수 있다. 그런데 기준점을 두지 않으면 중요한 공간에서 중요하지 않은 공간 순으로 서술하는 것이 바람직하다. 중요한 공간부터 먼저 서술하는 것은 우선 관심을 끈 다음 마지막 공간 부분까지 읽도록 유도하기 위해서다.

대학 캠퍼스를 소개한다고 가정해보자. 대학 캠퍼스는 일반적으로 인문관, 도서관, 학생회관, 본관 등으로 구성된다. 캠퍼스를 소개할 때는 중요한 공간에 해당되는 본관을 먼저 서술한 다음 도서관, 인문관, 학생회관 순으로 전개해야 한다는 것이다. 물론 어느 공간부터 서술할지는 중요하지 않을 수도 있다. 하지만 독자들이 전체 내용을 읽도록 유도하려면 중요한 공간부터 시작해 중요하지 않은 공간 순으로 전개하는 것이 이상적이다.

글의 내용 전개에서 중요한 것은 기본적으로 논리성을 갖추는 것이다. 논리성이란 이치적인 원리를 따르는 것이다. 그러나 글쓰기는 의사소통 측면에서 접근하면 기본적으로 논리성을 갖추는 것뿐만 아니라 설득력을 갖추는 것도 중요하다. 글쓰기에서도 설득적인 구성을 어떻게 갖추도록 할지 한 번 생각해봐야 한다.

다음은 공간적 내용의 전개 사례이다.

아파트 공간

아파트는 현대인의 대표적인 주거공간이다. 아파트는 생활의 편리함을 주는 부분이 크지만 사계절이 뚜렷한 우리나라에서 겨울을 지내기에 적합한 주거시설이다. 아파트는 크기에 따라 다양한 공간으로 나뉘지만 일반적으로 거실, 안방, 작은방, 화장실이 기본 구조다. 거실은 아파트의 중심공간이다. 거실은 온 가족이 한 곳에 모여 환담하거나 TV를 시청하며 시간을 보내는 공간이다. 그리고 친척이나 주변사람이 찾아오면 접대하는 공간이기도 하다. 다양한 목적으로 활용된다고 할 수 있다.

안방은 아파트의 대표적 침실공간이다. 안방은 거실보다 크진 않지만 침실도구를 비롯해 옷장이나 서랍장이 배치된다. 그리고 화장대도 배치되어 주부들이 실용적으로 사용할 수 있는 공간이다. 작은방은 자녀들이 활용하는 공간이다. 작은방은 안방보다 크진 않지만 자녀들이 잠을 자거나 공부하는 공간이다. 화장실은 세면이나 목욕 공간이다. 여기에는 기본 욕조시설과 변기 등이 설치되어 있다. 이런 아파트 구조는 생활 동선을 고려해 설계되고 공간을 효율적으로 이용하도록 했다.

⬭ 아파트 구조에 대해 서술하고 있다. 아파트도 여러 공간으로 구성된다. 이때 중요한 공간에서 중요하지 않은 공간 순으로 전개해야 한다. 즉 아파트의 중심공간인 거실부터 시작해 안방, 작은방, 화장실 순으로 내용을 전개하는 것이 자연스런 사고논리에 따르는 것이다.

❹ 중요한 주제부터 서술한다

글쓰기에서는 자신의 경험이나 자신이 알고 있는 정보를 단순히 전달할 수도 있다. 그리고 자신의 생각을 표출할 수도 있다. 어떤 내용의 글을 쓰든 내용을 전개할 때는 사고논리를 따르는 것이 기본 원칙이다. 특히 주장이 담긴 내용을 전개할 때는 단순히 주장만 제기할 것이 아니라 그 주장에 따른 합당한 여러 근거를 마련해 논리적으로 펴야 한다.

주장 글에서는 주장의 핵심 근거가 주제 내용이 된다. 달리 말해 글 전체의 주장이 주제라면 주장의 근거들이 또 다른 주장이 되며 결국 소주제가 된다. 결국 여러 소주제들이 모여 주제가 된다.

글쓰기에서 소주제를 나열할 때는 아무렇게 하는 것이 아니다. 여기에도 논리적이고 설득적인 방법이 있다. 중요한 소주제부터 시작해 덜 중요한 소주제 순으로 전개하는 것이다. 물론 글의 유형에 따라 다르지만 중요한 주제부터 먼저 서술하고 중요하지 않은 주제를 나중에 서술해도 상관없다. 그러나 독자가 처음부터 끝까지 읽도록 유도하려면 중요한 주제부터 시작해 덜 중요한 주제 순으로 전개하는 것이 이상적이다.

'나는 널 좋아해'라는 주장 글을 쓴다고 가정해보자. 이때 좋아하는 이유로 '착하다', '예쁘다', '배려심이 많다', '헌신적이다'라는 근거, 즉 소주제를 사용한다고 가정하자. 이것들을 나열할 때 중요한 것부터 먼저 서술하고 덜 중요한 것을 나중에 서술하는 것이 이상적이라는 의미다. 여기서 '배려심이 많다'를 먼저 서술하고 '착하다', '예쁘다', '헌신적이다' 순으로 서술하는 것은 독자의 관심을 덜 끄는 것이다.

흔히 여러 근거를 동원할 때 첫째, 둘째, 셋째 표현과 함께 전개한다. 일부에서는 이것을 병렬적 나열이라면서 어떤 소주제를 먼저 서술하든지 상관없다고 주장한다. 덜 중요한 소주제부터 시작해 중요한 소주제 순으로 서술하거나 중요도와 상관없이 어떤 소주제든지 편리하게 전개해도 무방하다는 의견이다. 그러나 소주제를 유심히 살펴보면 중요도는 다르다. 독자의 관심을 끌려면 중요한 소주제부터 먼저 서술하고 덜 중요한 소주제는 나중에 서술하는 것이 이상적이다.

말하기도 별로 다르지 않다. "나는 널 좋아해"라고 말할 때 무슨 근거를 어떻게 동원하는지 생각하면 쉽게 이해할 수 있다. 좋아하는 이유를 언급할 때 덜 중요한 이유부터 든다면 상대방은 탐탁찮게 생각하고 별다른 반응을 보이지 않는다. 그리고 심하면 더 이상 들을 필요가 없다고 판단해 자리를 뛰쳐나갈 수도 있다.

결국 근거를 어떤 순으로 펼치는가에 따라 상대방이 끝까지 말을 들어줄지 여부를 판가름하는 지렛대 역할을 한다고 할 수 있다. 글쓰기에서도 주제 내용을 전개할 때는 중요한 주제부터 먼저 서술하고 덜 중요한 주제 순으로 서술하는 것이 이상적이다.

다음은 주제적 내용의 전개 사례이다.

체면문화

어느 나라든 각자 다양한 문화가 있다. 우리 문화 중 버려야 할 것은 체면문화라고 생각한다. 체면문화는 우리의 허상을 그대로 반영하고 생활에서 나타나는 부정적인 요소를 적잖게 드러내고 있다. 체면문화의 특징은 무엇보다 명분을 중시한다. 체면을 중시한 나머지 꼼꼼히 챙기기보다 주먹구구식으로 넘기는 경향이 많고 타인과의 인간관계에서도 체면을 내세우면서 가식적으로 대하는 경우가 많다.

우리의 대표적인 체면문화가 바로 결혼문화다. '결혼은 인륜지대사'라고 한다. 그래서 체면을 세우기 위해 분수에 넘치는 호화결혼식을 하고 진정한 의미의 결혼식보다 남들에게 보여주는 결혼식을 하게 된다. 특히 우리나라 결혼식의 가장 큰 문제는 하객 동원이다. 어느 결혼식이든 참석 하객 수를 우선 고려한다. 하객이 많으면 훌륭한 결혼식이고 하객이 적으면 문제 있는 결혼식으로 인식하는 것이 다반사다. 그렇다보니 돈을 떠나 하객 동원에 열을 올리고 조금이라도 안면 있는 사람들에게 무조건 청첩장을 보낸다.

장례식장에서도 체면문화는 여실히 드러난다. 장례식장에서 가장 확실히 드러나는 것이 화환이다. 장례식장에 나열된 화환 수에 따라 상주 집안을 판단하다보니 조금이라도 관련 있으면 큰 글자로 화환을 장식하는 데 열을 올리고 정작 고인의 죽음을 애도하는 데는 무관심하다. 장례식장 문상객들조차 고인의 영정사진은 거들떠도 안 보고 전시된 화환에만 관심을 갖는다. 체면문화가 우리 사회에 얼마나 뿌리 깊은지 단적으로 보여준다.

⊙ 여기서는 우리가 버려야 할 체면문화를 서술하고 있다. 체면문화의 대표적 사례로 결혼식장과 장례식장을 들고 있다. 둘 중 비중이 더 높은 것은 결혼식장이다. 그래서 결혼식장의 내용을 먼저 서술한 다음 장례식장 부분을 서술했다. 이것이 바로 사례의 주제적 비중에 따른 전개 방법이라고 할 수 있다.

❺ 동일한 범주의 내용은 한곳에 서술한다

내용 전개는 기본적으로 사고논리를 따르는 것이 대원칙이다. 하지만 일부 내용은 독자들이 쉽게 이해할 수 있는지 여부도 고려해야 한다. 독자들이 내용을 이해하는 데 복잡하거나 어렵게 느낀다면 이해하기 쉬운 방법을 택해야 한다. 한 편의 글에서 내용 중복은 바람직하지 않다. 또한 같은 범주의 내용을 분산 배치하는 것도 문제다. 같은 범주의 내용은 한군데서 집중적으로 서술하는 것이 이상적이다.

독자들이 메시지를 받아들이는 데 면밀히 분석, 검토하는 것은 바람직하지 않다. 메시지는 읽는 대로 받아들이게 하는 것이 가장 이상적이고 합리적이다. 문장이나 내용을 이해하지 못해 앞뒤 문장이나 내용을 검토한 다음 메시지를 받아들이도록 하는 것은 권장될 수 없다. 시험문제로 출제될 때는 상당히 좋을 수 있지만 글쓰기는 그런 식으로 하면 안 된다.

훌륭한 글은 읽자마자 바로 문장의 의미를 이해할 수 있어야 한다. 단락 내용도 바로 파악되어야 한다. 복잡한 내용으로 서술될 때 같은 범주라면 한곳에 집중적으로 서술하는 것이 내용을 쉽게 이해하는 방법이다.

A와 B의 장단점을 서술한다고 해보자. A와 B의 장단점을 각각 분리해 서술하는 것이 좋다. 그럼 A와 B뿐만이 아니라 C와 D의 장단점까지 서술한다면 어떨까? A, B, C, D를 하나씩 분리하기보다 A, B, C, D의 장점을 묶어 서술하고 단점은 단점대로 묶어 서

술해야 독자들이 내용을 파악하기 쉽다.

A, B, C, D의 장단점을 하나씩 분리해 서술하면 어떨까? 상호 비교도 어렵고 내용을 한 번에 파악하기도 어렵다. 물론 A, B, C, D의 장단점을 하나씩 분리해 서술하는 것이 틀린 것은 아니다. 하지만 읽는 사람이 내용을 쉽게 이해하도록 하려면 장점은 장점대로 단점은 단점대로 묶어 서술하는 것이 이상적이다.

메시지를 전개할 때 자의적으로 펼치는 것은 좋지 않다. 사고의 흐름을 의도적으로 끊거나 부자연스런 결과를 만든다. 그러다 보면 메시지의 자연스런 수용이 되지 못한다.

일상 정보들을 어떻게 수용하는 것이 자연스러울지 생각하면 쉽게 해결할 수 있다. 같은 범주의 내용을 분리해 서술하면 사고의 혼란을 일으킨다. 인간의 사고는 같은 내용을 일률적으로 수용하도록 되어 있다. 같은 범주의 내용을 흩어놓으면 내용을 논리적으로 담을 수 없다.

일상생활에서도 적용된다. 가을에 추수하고 쌀, 보리쌀, 좁쌀을 한군데 모아둔다고 생각해보자. 이때 쌀은 쌀대로 보리쌀은 보리쌀대로 좁쌀은 좁쌀대로 모아두는 것이 바람직하다. 쌀, 보리쌀, 좁쌀을 섞어놓으면 어느 것이 쌀, 보리쌀, 좁쌀인지 구별하기 어렵다. 결국 같은 쌀은 함께 모아두는 것이 제대로 된 정리다. 글의 내용을 전개할 때도 똑같이 적용된다. 같은 범주의 내용을 흩어놓으면 메시지를 제대로 수용하기 어렵고 심하면 내용을 수용하는 것조차 꺼리게 된다.

그럼 그 메시지는 논리적으로 전달되었다고 할 수 없다. 글의 내용을 전개할 때 같은 범주의 내용을 한군데 모아 전개해보자. 그럼 사고논리를 따르고 수용자가 메시지를 자연스럽게 수용하도록 만드는 방법이다.

다음은 동일한 범주의 전개 사례이다.

과학 글쓰기의 특징

과학 글쓰기와 타 학문 분야 글쓰기의 차이점은 학문 분야의 학문적 특성에서 비롯된다. 과학 분야와 인문학 분야는 연구 대상부터 다르다. 과학 분야는 주로 자연과학이나 기술 분야가 대상이지만 인문학 분야는 인간 활동영역이 대상이다. 그리고 두 학문 분야는 대상을 지식화하는 방법에서도 차이가 있다. 과학 분야에서는 과학기술이나 자연현상에 대한 검증 과정을 통해 지식화하는 반면 인문학 분야에서는 존재하는 사실이나 현상에 대해 연구자의 생각이나 의견을 추가해 지식화한다.

특히 존재하는 사실이나 현상에 대해 연구자의 생각이나 의견을 추가해 지식으로 형성하는 인문학과 달리 과학 분야 학문은 주로 자연과학이나 기술 분야가 대상이며 그 대상에 대한 검증 과정을 통과한 사실만 지식으로 형성한다. 그로 인해 과학 분야 지식은 모두 동의하는 기준이 없는 인문학과 달리 모두 동의하는 기준이 있다. 이 부분은 두 분야의 글쓰기에도 그대로 반영된다.

타 학문 분야와 차이점을 보여주는 과학 글쓰기의 특징은 무엇보다 객관성에 있다. 과학 글쓰기에서는 타 학문 분야와 달리 내용 서술에서 주관성이 아닌 객관성을 띠며 이것은 무엇보다 과학 글쓰기의 데이터 생산부터 시작된다. 과학 분야 데이터는 주관적이 아닌 사실 위주의 객관적인 데이터가 된다. 특히 과학 분야의 데이터 생산은 객관적 기준이 적용되지 않으면 그 데이터는 인정받을 수도 없다. 실험할 때 실험 재료는 물론 실험 방법과 실험 도구도 객관적인 기준에 따라 적용되고 활용되어야 하며 객관적 기준이 적용되지 않으면 실험 결과는 인정되지 않는다. 이 부분은 과학 글쓰기가 내용을 객관적으로 도출하는 것이 핵심이 되고 있음을 보여준다.

과학 글쓰기는 표현에서도 간결성을 추구한다. 과학 글쓰기는 타 학문 분야와 달리 서술 내용이 복잡하고 장황하게 전개되지 않고 핵심 내용을 중심으로 간결하게 서술한다. 특히 과학 글쓰기에서는 주관적이거나 군더더기 수식어구가 장황하게 펼쳐지지 않고 핵심 내용을 중심으로 객관적인 입장에서 서술된다. 여기에는 무엇보다 과학 글쓰기가 주관이 개입되지 않으며 검증된 사실을 중심으로 나열하는 것이 큰 요인으로 작용한다. 내용 서술에서 복잡하거나 장황하면 필자의 주관이 개입될 여지가 있고 쓸데없는 수식을 사용하면 표현의 객관성을 잃을 수 있다.

◉ 과학 글쓰기의 차이점에 대해 기술하고 있다. 우선 과학 분야와 타 학문 분야의 차이점에 대해 서술한 다음 과학 글쓰기의 차이점에 대한 객관성과 간결성을 서술한다. 이때 객관성과 간결성은 해당 부분에서 모두 서술한다. 객관성과 간결성을 교차 서술하거나 객관성 서술 부분에서 간결성에 대해 논하고 간결성을 논하는 부분에서 객관성에 대해 논한다면 자연스런 사고논리를 따르지 않는 것이다.

● ● ● 고치기는 나중에 하라

글쓰기 습관은 개인차가 있다. 줄곧 한자리에 앉아 한 번에 글을 쓰거나 조금씩 여러 번 글을 쓰는 사람도 있다. 글쓰기 습관도 다양하다. 여러 잔 커피를 마셔가며 쓰거나 줄담배를 피워가며 쓰기도 한다. 이런 행위는 개인의 독특한 습관에 기인하지만 글쓰기가 결코 쉽지 않음을 보여준다.

물론 글쓰기 방법에도 개인차가 있다. 글을 다 쓴 다음 한 번에 고치거나 쓰면서 고치고 고치면서 쓰기를 반복하며 마무리하는 사람도 있다. 두 가지 방법은 개인의 글쓰기 습관에서 비롯될 수 있다. 그러나 바람직한 글쓰기는 글을 다 쓴 다음 고치는 것이 훨씬 효과적이다. 글쓰기를 하면서 고치면 순조롭게 마무리되지 않고 생각도 순간적으로 단절될 수 있다. 그러다보면 글의 내용이 자연스럽게 연결되지 않게 된다.

오늘날 글쓰기는 상당히 편리해졌다. 과거에는 주로 원고지에 글을 썼다. 원고지를 사용하면 내용을 한 번에 죽 써내려가야 하는데 그렇지 못하면 쓰다가 고치고 또 다시 쓰는 작업을 반복해야 했다. 그리고 틀린 부분은 즉시 고쳐야만 했다. 그러다보면 글쓰기 속도가 느려지거나 처음부터 다시 써야 하는 경우도 생겼다. 하지만 오늘날은 컴퓨터를 사용한다. 글의 전체 내용을 써놓고 고치는 방법도 간단하다. 그리고 내용이나 표현상 문제가 있더라도 쉽게 고칠 수 있다.

물론 글의 전체 내용을 써놓고 고칠 때는 구성상 문제부터 체크하고 내용과 표현 부분에서도 문제가 없는지 확인해야 한다. 구성상 문제가 있으면 뒷부분의 내용을 앞에 배치하거나 앞의 내용을 뒷부분에 배치하면 된다. 내용상 문제가 있으면 수정하고 불필요한 내용은 과감히 삭제하면 된다. 그 다음 전체적으로 논리적인지 확인하는 방식으로 진행하면 큰 무리가 없다. 오늘날의 글쓰기는 방법적으로 과거보다 훨씬 쉬워진 측면이 있다.

어쨌든 글 고치기는 나중에 하는 것이 이상적이다. 글을 쓰다가 고치면 전체 내용의 흐름을 잡기 어려울 수 있고 필요한 내용과 불필요한 내용의 구분도 쉽지 않다. 전체 내용을 쓴 다음 고치면 이 부분을 쉽게 극복할 수 있고 글쓰기 능률도 높일 수 있다.

표현은 명료하게 하라

표현은 메시지를 표출하는 수단이다. 표현에 따라 메시지가 명료하게 전달될 수도 있고 아닐 수도 있다. 표현이 이렇게 중요한데도 글쓰기에서 표현에 별로 신경을 안 쓰는 경향이 있다. 평소 말하기 식 표현을 그대로 사용하거나 내용에 적합한 표현이 아님에도 불구하고 별로 대수롭지 않게 생각하는 경향이 있다.

표현은 메시지를 명료하게 하는 데 중요한 역할을 한다. 그리고 의미를 가장 분명히 표출하는 표현은 하나 밖에 없다. 하나의 의미를 표출하는 데 여러 단어들이 있을 수 있지만 비슷한 의미를 지닐 뿐이다.

또한 글쓰기에서는 표현에 따라 글의 질이 달라진다. 표현을 아무렇게나 하면 국어의 지식수준을 의심받을 뿐만 아니라 글쓰기를 제대로 못한다는 인식에 부딪친다. 표현은 의미를 분명히 하기 위한 기본 역할을 한다. 평소 표현을 어떻게 하는 것이 바람직한지 정확히 알아야 한다.

● ● ● 명료하게 하라

글쓰기는 개인의 지식과 지적능력을 보여준다. 주변의 글을 보면 표현이 천차만별이다. 글은 표현에 따라 평가가 달라지고 필자의 지적 수준도 다르게 평가받는다. 일부에서는 이해하기 어렵거나 난해한 표현을 사용하면 높은 지적 수준을 보여줄 것이라고 생각하지만 착각이다. 누구나 읽기 쉽고 이해하기 쉬운 것만큼 훌륭한 글쓰기는 없다.

표현은 메시지의 명료한 전달 여부와 직결된다. 명료한 표현만큼 메시지를 명료하게 전달하는 방법은 없다. 표현이 명료하지 않으면 메시지의 의미가 불분명하고 메시지의 의미가 불분명하면 무슨 말을 하려고 했는지 알기 어렵다.

표현은 추상적 표현과 구체적 표현으로 나눌 수 있다. 추상적 표현은 불분명하거나 애매한 표현을 말하고 구체적 표현은 분명한 표현을 말한다. 불분명한 표현은 직접적인 의미 전달이 안 되고 간접적인 의미 전달이 될 수 있다. 구체적 표현은 직접적인 의미 전달을 가능케 한다.

표현이 추상적이면 메시지 파악을 위해 앞뒤 문맥을 고려해 파악하게 되고 그러다보면 메시지를 바로 파악하기 어렵다. 그러나 표현이 구체적이면 앞뒤 문맥을 고려할 필요 없이 메시지의 의미를 문장 자체에서 바로 알 수 있다. 표현이 구체적이고 분명해야 한다는 말은 한 단어가 2가지 의미로 해석되는 것을 선택하지 말라는 뜻이다. 단어가 2가지 이상의 의미로 해석된다면 메시지의 분명한 전달이 될 수 없다.

"어제 나는 집에서 잠수했다"라는 문장을 생각해보자. 여기서 '잠수'란 무슨 의미일까? '잠수'는 물속에 잠겨 들어가는 것이다. 하지만 이 문장은 "어제 난 집에만 콕 박혀 있었다."라는 듯이다. 그런데 실제로 집 안의 수심 2m가 넘는 풀장에서 잠수할 수도 있다. 흔히 국어시험에서 "어제 난 집에서 잠수했다"라는 문장에서 '잠수'의 의미를 맞춰보라면 앞뒤 문맥을 고려해 의미를 찾아야 한다. 그러나 글쓰기에서는 그런 식으로 접근하면 안 된다. 글쓰기에서는 의미가 단도직입적으로 파악되어야 한다. 만약 집에 박혀 있었다면 "어제 난 집에만 콕 박혀 있었다."라고 표현해야 한다. 단어의 의미를 추상적으로 받아들이거나 한 단계 더 유추해 파악하게 하는 것은 바람직하지 않다.

글을 쓰다보면 그 부분을 많이 고민하게 된다. 물론 문학 글에서는 추상적 표현이 문학적 표현으로 선호될 수 있다. 하지만 비문학 글에서는 그런 식의 표현은 피해야 한다. 표현을 분명히 하려면 단어의 의미를 정확히 파악해야 한다. 가능하면 2가지 의미의 단어 선택은 피하는 것이 좋다. 또 하나는 메시지에 가장 적합한 단어를 정확히 파악해야 한다.

가장 적합한 의미의 단어는 여러 개가 아니라 하나 밖에 없다. 우리가 언어를 사용하면서 중의적이거나 포괄적으로 단어를 선택해 사용하다보니 일상 표현으로 써도 무방하다고 생각할 수 있지만 전달하려는 의미에 가장 적합한 단어는 하나밖에 없다고 생각해야 한다. 단어 선택에서 의미에 가장 적합한 단어를 쓰는 것이 분명한 표현의 지름길임을 반드시 염두에 두어야 한다.

● ● ● 함축적인 표현을 사용하라

하나의 대상은 설명적인 표현이나 함축적인 표현이 가능하다. 이 2가지 표현은 각각 장단점이 있다. 설명적 표현은 대상을 쉽게 표현하지만 함축적 표현은 대상을 어렵게 표현할 수 있다. 또한 설명적 표현은 장황하게 나열해 표현하지만 함축적 표현은 대상의 의미를 축약해 핵심적으로 표현한다.

그렇다보니 설명적 표현은 문장을 복잡하고 장황하게 하는 반면 함축적 표현은 문장을 간결하고 단순하게 만든다. 그리고 설명적 표현은 문장을 길게 만들고 함축적 표현은 문장을 짧게 만들 수 있다. 함축적 표현은 문장을 짧게 만들고 메시지를 분명히 하는 이점이 있다.

'부품을 고정시켜주는 나사'라는 표현을 함축적 표현으로 바꾸면 '부품 고정 나사'가 된다. 또 "학교 앞에 있던 친구를 만났다"의 함축적 표현은 "학교 앞에서 친구를 만났다"가 된다. 함축적 표현은 일부에서 상징적 표현과 동일시하는 경향이 있다. 물론 상징적 표현은 함축적 표현의 한 가지 유형이다. 그러나 좁혀보면 함축과 상징은 엄연히 다르다. 함축은 직설에 대한 표현이고 상징은 비유에 대한 표현이다. 그렇다보니 함축적 표현은 주로 비문학 글쓰기에서 선호되고 상징적 표현은 문학 글쓰기에서 선호된다.

그러므로 일상 글을 쓸 때는 가능하면 함축적 표현을 쓰는 것이 좋다. 그렇다면 함축적 표현은 어떻게 써야 할까? 우선 문장을 전개할 때 단어의 의미를 풀기보다 줄여 표현하는 데 공을 들여야 한다. 단어나 구에 대한 설명적 표현보다 적합한 함축적 표현이 무엇인지 생각하면 도움이 된다. 그리고 설명적으로 표현된 부분이 있으면 함축적으로 어떻게 표현할지 고민해보는 것도 좋다.

평소 함축적 표현에 미숙한 것은 단어의 의미를 많이 알지 못한 데서 기인한다. 단어의 의미를 분명히 알면 함축적 표현의 사용은 별로 어렵지 않다. 그러므로 평소 단어의 의미를 정확히 알아두는 것도 함축적 표현의 사용에 도움이 된다.

글을 평가할 때 흔히 '고급스런 문장'이라고 표현한다. 고급스런 문장이란 표현 자체에 어폐가 있지만 고급스런 문장은 상투적이거나 진부하게 표현된 문장이 아니라 간결하고 세련되게 표현된 문장을 말한다.

문장 하나를 쓰더라도 고급스런 문장이 낫다. 하지만 고급스런 문장은 의도적으로 만들기보다 표현에 따라 좌우된다. 고급스런 문장을 쓰려면 장황한 설명보다 함축적으로 표현해야 한다. 함축적인 표현은 대상을 분명히 축약해 도출하는 것이다. 함축적 표현은 메시지를 간결하게 전달하는 데도 효과적이다. 문장은 글쓴이의 생각을 표현하는 기본 단위다. 의사소통에서는 분명한 표현이 가장 중요하다.

다음은 함축적 표현의 사용 사례이다.

- 요리를 구성하는 재료는 ⇨ 요리 재료는
- 글쓰기에 활용할 것이 무엇이 있는지 고려해야 한다.
  ⇨ 글쓰기에 무엇을 활용할 수 있는지 고려해야 한다.
- 글을 쓸 때는 ⇨ 글쓰기에서는

● ● ● 문어적 표현을 써라

글쓰기와 말하기는 표현상 차이가 있다. 말하기에서는 구어적 표현을 사용하고 글쓰기에서는 문어적 표현을 사용한다. 구어적 표현은 아무래도 동적인 느낌을 주고 문어적 표현은 정적인 느낌을 준다. 말하기는 표현이 동적인 느낌을 주어야 생동감 있고 활력 있게 수행할 수 있다. 그러나 글쓰기 표현도 말하기와 동일시하면 안 된다. 글쓰기에서 말하기와 같은 표현을 사용하면 의미가 불분명한 경우가 상당히 많다.

글쓰기에서 구어적 표현을 사용하는 것은 2가지로 요약된다. 하나는 말하기에서처럼 생동감과 활력을 주기 위해서다. 글쓰기에서 구어적 표현을 사용하면 아무래도 생동감을 주는 것이 사실이다. 하지만 구어적인 표현을 사용하는 글은 따로 있다.

SNS상에서 말하기 식으로 표현하면 재미있고 생동감을 준다. 글에서 대화하는 것 같은 느낌도 준다. 또한 일반 글에서는 독자가 10대인 경우, 구어적인 표현을 사용하면 나름대로 재미있게 메시지를 전달할 수 있다. 그러나 이외 글쓰기에서는 구어적 표현이 바람직하지 않다.

또 하나는 구어적 표현과 문어적 표현을 구분하지 못하는 경우다. 대부분 말하기와 글쓰기가 어느 정도 다르다는 것은 알면서도 막상 글쓰기 할 때는 말하기 식으로 하면 되는 것으로 알고 있다. 그렇다보니 말하기에서의 표현을 그대로 사용한다. 하지만 글쓰기에서 구어적 표현을 사용하면 의미를 분명히 전달하지 못한다. 말하기에서는 전혀 문제가 없지만 막상 글쓰기에서 그 표현을 사용하면 의미 전달이 불분명해진다.

예를 들어 "여행모임에서 회장을 한 지 한 5년이 되었다"라는 문장에서 "회장을 하다"는 구어적으로 흔히 쓰는 표현이다. 하지만 '하다'라는 표현은 글쓰기에서는 부적합하다. 글쓰기에서는 '하다'가 아니라 '맡다'로 써야 한다. "회장을 하다"라는 표현은 대화할 때 전혀 어색하지 않다. 하지만 글쓰기 할 때 그대로 사용하면 분명한 의미 전달이 되지 않는다. 또 하나는 글쓰기에서 구어적 표현을 잘못 사용하면 글쓰기 수준을 의심받는 것이다. 말하기에서는 전혀 어색하지 않지만 막상 글쓰기에서는 이상한 표현이 되고 만다.

"동아리 회원은 저녁에 술을 먹고 노래를 흥겹게 부르다가 끝을 마감했다"라는 문장을 예로 들어보자. 여기서 "끝을 마감했다"는 부적합한 표현이다. "끝을 마감했다"는 '죽음'을 의미할 수도 있다. 이 문장은 "동아리 회원은 저녁에 술을 마시고 흥겹게 노래 부르다가 하루 일정을 마감했다"라고 표현해야 한다.

일부 글에서는 구어적 표현을 사용하면 생동감이 있다. 그리고 메시지 전달에도 활력을 준다. 하지만 일반적으로 글쓰기 할 때는 문어적인 표현이 타당한지 한 번 더 검토해야 한다는 것을 기억해야 한다.

● ● ● 쉬운 표현을 사용하라

대부분 말하기나 글쓰기에서 영문 표현을 선호한다. 영문 표현을 사용하는 것이 배운 사람의 표현이고 지식인의 표현으로 인식하는 경향이 있다. 하지만 엄청난 착각이다. 또한 한자 숙어 사용도 적잖다. 한자 숙어를 사용하면 나름대로 지식인다운 면모를 보여준다고 생각한다. 하지만 반드시 필요한 경우가 아니라면 대중적인 표현을 사용하는 것이 이상적이다.

글을 쓰다보면 독자가 잘 알지 못하는 표현을 일부러 사용하는 경향이 있다. 글쓰기가 평범함보다 비범함을 드러내야 하는 작업이라는 생각에서 비롯된 것이다. 그래서 남들보다 더 많이 알고 있다는 사실을 과시적으로 드러내는 데 혈안이 된다. 그러나 글쓰기는 남에게 잘 보이기 위한 것이 아니다.

글쓰기는 자신의 진술한 부분을 드러내고 자신이 알고 있는 내용을 솔직히 담아내는 작업이다. 글쓰기 태도도 과시적이거나 허세를 부리면 안 되고 겸손하고 정직해야 한다.

독자들은 필자의 생각과 달리 매우 예리하고 영악하다. 독자들은 풍부한 지식이 없더라도 필자가 어떤 마음으로 어떻게 글을 썼는지 정확히 간파한다. 필자가 조금이라도 과시적이거나 허세를 부린다면 독자들은 그 필자를 호평하지 않는다. 글쓰기는 자신의 정보나 의견을 타인에게 전달하는 수단으로 생각해야 한다. 그렇다면 자신의 정보나 의견을 어떻게 손쉽고 분명히 전달할 수 있을지 고민해야 한다.

대중적인 글의 기준은 누구나 읽기 쉽고 이해하기 쉬운 데 있다. 기사는 고교 2학년생의 지식수준에 맞추어 쓰인다. 고교 2학년생 정도의 지식수준이라면 누구나 기사를 쉽게 읽고 이해할 수 있다.

만약 기사 문장의 의미 파악이 안 되어 다시 읽는다면 2가지 원인밖에 없다. 독자가 고교 2학년생의 지식수준에 도달하지 못했거나 기자가 문장 표현을 잘못한 것이다. 대중적인 글을 쓰려면 문장이 읽기 쉽고 의미를 바로 알 수 있는지부터 고려해야 한다.

대중적인 글은 읽기 쉽고 이해하기 쉬워 누구에게도 거부당하지 않는 글이다. 글쓰기를 잘하려면 1차적으로 대중적인 글을 쓰기 위해 노력하는 것이 중요하다. 물론 전문적인 글도 있다. 하지만 가능하면 대중적인 글을 쓰는 것이 바람직하다.

"천고마비의 계절이다"와 "가을이다"라는 표현을 예로 들어보자. 어느 표현이 더 대중적일까? 후자가 훨씬 더 대중적이고 익숙한 표현이다. 물론 "천고마비의 계절이다"라는 표현이 적합할 때도 있다. 한자풀이로 접근하거나 내용 자체가 고전적으로 접근되는 글에서는 합당하고 이상적일 수 있다. 그러나 대중적인 글에서 어려운 한자 숙어를 사용하는 것은 별로 바람직하지 않다.

대중적인 글쓰기를 위해 기본적으로 우선 갖추어야 할 것은 쉬운 표현이다. 표현이 어려우면 대중적인 글이 될 수 없고 전문적인 글이 된다. 일반 글쓰기를 할 때도 이것을 반드시 염두에 두어야 한다. 물론 모든 글이 쉬운 표현으로만 서술되는 것은 아니다. 어려운 표현도 쓰인다.

한자 숙어나 고어 표현이 동원되는 경우도 있다. 그때는 특별한 경우다. 가능하면 전문용어도 쓰지 않는 것이 좋다. 전문용어는 해당 분야의 전문가들 사이에서는 통용될 수 있지만 일반 대중

사이에서는 잘 이해되지 않는다. 물론 전문용어도 대중용어로 대체하는 것이 어렵다면 쓸 수밖에 없다.

예를 들어 '주가지수'는 전문용어에 속한다. 하지만 '주가지수'를 대신한 대중용어는 없다. 이때는 전문용어를 쓸 수밖에 없다. 하지만 그런 경우를 제외하면 대중용어를 써야 한다는 의미다. 현재 대학에서는 연구논문을 어렵게 쓰는 경향이 있다. 연구논문은 학문 연구의 결과를 담아내는 글이어서 내용도 쉽지 않다. 그러나 연구논문도 일반 대중이 쉽게 읽고 이해할 수 있도록 써야 한다는 의견들이 적잖게 개진된다. 연구논문도 일반 대중이 읽고 이해하도록 하는 것이 존재 가치가 있다.

어떤 글이든 어렵게 표현하는 것은 전혀 바람직하지 않다. 대중적인 표현이 있음에도 불구하고 의도적으로 어려운 표현이나 전문용어를 사용하는 것은 전혀 옳지 않다. 글쓰기는 메시지 전달 수단으로 활용된다. 전달하려는 메시지를 쉽고 이해하도록 담아내는 것이 글쓰기의 핵심 포인트라고 생각하는 것이 바람직하다.

● ● ● 문장 성분은 생략하지 않는다

문장은 여러 성분으로 구성된다. 문장 성분은 문장을 구성하는 요소이면서 문장의 의미를 정확하고 분명히 하는 데 핵심 역할을 한다. 하나의 문장을 쓸 때 메시지 전달 상황에 따라 문장 성분 생략은 큰 문제가 안 된다. 하지만 기본적으로 문장 성분을 함부로 생략하는 것은 바람직하지 않다.

문장 성분의 생략은 말하기에서 자주 발생한다. 말하기에서는 상황적인 맥락을 고려해 문장 성분을 생략해도 메시지 전달에는 큰 문제가 안 된다. 그리고 말하기에서는 생략해도 무관한 문장 성분을 굳이 동원하면 청자를 번거롭게 만든다. 특히 말하기에서는 생략된 문장 성분을 추론해 메시지의 의미도 파악할 수 있다. 그러나 글쓰기에서는 말하기와 달리 문장 성분을 함부로 생략하면 안 된다.

글쓰기는 필자와 독자의 상황적인 맥락이 없다. 글쓰기는 말하기와 달리 글만으로 전후 맥락을 파악해야 한다. 하나의 문장 성분이 생략되면 문장의 뜻을 정확히 파악하기 어렵고 그러다보면 전체 메시지를 정확하고 분명히 받아들이지 못하는 경우가 발생한다.

한국어에서 주어 생략은 흔하지만 영어에서는 거의 없다. 문장에서 주어 생략은 언어 구사 방법이나 사용 습관 차이에서 비롯된다. 그러나 한국어에서 동사나 형용사가 요구하는 문장 성분을 함부로 생략하면 문장의 뜻이 부정확하게 전달된다. 물론 특별한 경우가 아니라면 문장 성분을 생략하지 않는 것이 좋다. "독자들이 상황을 고려하면 당연히 알 수 있겠지"라는 막연한 접근으로 생략하면 안 된다.

예를 들어 "해외여행객들은 여러 나라를 여행하면서 즐기는 경향이 있다"라는 문장에서 동사 '즐기다'가 요구하는 성분이 생략되어 있다. 그 때문에 문장의 뜻이 부정확하게 전달된다. 여기서 문장의 뜻을 분명히 전하려면 '즐기는' 앞에 '관광명소'나 '여행지 문화' 등의 성분이 필요하다. 완벽한 문장이 되려면 "해외여행객들은 여러 나라를 여행하면서 관광명소를 즐기는 경향이 있다"로 고쳐야 한다.

또한 "우리나라는 오랫동안 분단되었다. 대한민국의 미래지향적 접근이 자유통일을 가져올 수 있다"라는 문장에서 '자유통일을' 앞에 수식 성분이 생략되었다. 여기서 '남북한의'를 추가해 '남북한의 자유통일을'로 고쳐 써야 한다. 제대로 고치면 "우리나라는 오랫동안 분단되었다. 대한민국의 미래지향적 접근이 남북한의 자유통일을 가져올 수 있다"가 된다. 결국 문장 성분 생략은 문장의 뜻을 부정확하게 전달할 수 있다.

문장을 전개할 때 가능하면 필요한 성분을 생략하면 안 된다. 문장의 뜻을 정확히 전달할 수 있는지 파악하고 정확히 전달되지 않았다면 필요한 성분이 생략되지 않았는지 반드시 확인해야 한다.

● ● ● 문장 성분은 대등하게 연결하라

문장은 여러 성분으로 구성된다. 문장의 의미는 문장 성분이 제 역할을 하면서 도출된다. 단문이면 문장의 의미를 정확히 도출하는 데 더 없이 좋다. 하지만 문장을 전개하다보면 단어, 구, 절을 연결할 때가 많다. 또한 구나 절을 연결해야 문장의 의미를 더 정확히 도출할 수 있다. 문장에서 구나 절을 연결할 때는 신중해야 한다.

문장의 구나 절을 연결하는 데는 규칙이 있다. 바로 대등해야 한다는 것이다. 구나 절이 대등하게 연결되지 않으면 문장의 의미를 정확히 파악할 수 없고 어떤 의미를 담아내려 했는지도 알 수 없다. 문장에서 대등한 연결이란 서로 균형이 맞추어진 상태에서 연결해야 한다는 의미다. 구나 절이 비균형적으로 연결되거나 동일 성분을 포함하지 않은 연결이 되면 문장쓰기를 제대로 못한다는 소리를 듣게 된다.

예를 들어 두 개의 물건을 균형추에 두고 균형을 맞추려면 두 물건의 무게가 대등해야 한다. 한쪽이 무겁거나 가벼우면 무게중심이 한쪽으로 쏠린다. 그럼 균형을 유지할 수 없다. 문장의 구나 절의 연결도 같은 맥락에서 접근해야 한다. 문장의 구나 절을 대등하게 연결하려면 우선 구는 구끼리 연결하고 절은 절끼리 연결해야 한다. 단어를 구와 연결하거나 구를 절과 연결하면 대등한 연결이 아니다.

문장에서 구나 절의 연결 방법에는 3가지가 있다. 구성상, 의미상, 표현상 연결 방법이다. 구성상 대등한 연결 방법은 대등한 구성으로 접속해야 한다는 의미다. 문장은 여러 성분으로 구성되고 구나 절을 연결할 때는 구성상 대등한 관계에서 이루어져야 한다는 의미다.

예를 들어 "세계에서 관광객이 많이 찾는 도시는 미국의 뉴욕,

이태리의 로마, 한국이다"라는 문장에서 구가 연결되어 있다. 여기서 구의 구성은 대등하지 않다. 미국의 뉴욕, 이태리의 로마와 한국은 대등하게 구성되지 않았다. 대등한 구성이 되려면 "미국의 뉴욕과 이태리의 로마, 한국의 서울이다"가 되어야 한다. 의미상 연결 방법은 연결되는 내용이 의미상 균형을 이루어야 한다는 말이다. 두 개의 물건을 비교할 때 대등하게 비교해야 한다. 특히 비교 대상의 의미가 다르면 제대로 비교할 수 없다.

예를 들어 '큰 사과와 맛있는 배'는 의미상 대등한 접속 관계가 아니다. '큰 사과와 작은 배'로 고쳐야 의미상 대등한 관계다. 표현상 연결도 같은 맥락에서 고려해야 한다. "내 한 친구는 착하기도 하고 다른 친구는 게으르다"라는 문장을 예로 들어보자. 여기서 서술어 어미가 대등한 관계로 연결되지 않았다. 표현상 대등한 관계가 되려면 "내 한 친구는 착하기도 하고 다른 친구는 게으르기도 하다"가 되어야 한다.

"미래에는 창의적인 아이디어가 중요하며 과학기술의 개발도 필수적이다"라는 문장을 살펴보자. 여기서는 서술어의 어미가 대등하게 접속되지 않았다. 이 문장은 "미래에는 창의적인 아이디어가 중요하며 과학기술의 개발도 필요하다"로 고쳐야 한다. 결국 문장의 구나 절의 연결은 기본적으로 문장을 늘리는 데도 활용되지만 그 방법상 연결 대상은 서로 균형적이어야 한다.

문장 전개의 원칙을 익혀라

문장은 메시지를 분명히 도출하는 가장 기본적인 역할을 한다. 문장의 메시지가 분명해야 글 전체의 메시지도 분명해진다. 글쓰기에서 문장의 올바른 서술은 기본적이면서도 중요하다. 문장만 제대로 쓴다면 훌륭한 글쓰기의 기본기는 갖추어진다고 해도 과언이 아니다. 문장이 하나하나 모여 단락을 이루고 단락들이 모여 전체 메시지가 도출되듯이 문장 쓰기부터 기본적으로 신경써야 한다.

문장 성분의 호응 관계를 확인하라

문장쓰기에서 지켜야 할 여러 원칙들이 있다. 그중 가장 기본적으로 고려할 것은 문장 성분 간의 호응 관계다. 문장 성분 간의 호응 관계가 이루어지지 않으면 문장 전개가 비정상적이다. 흔히 말하는 비문이 되는 것이다. 비문이 되면 우선 분명한 메시지 전달이 되지 못한다. 무슨 내용을 문장에 담으려고 했는지 알기 어렵고 글 전체의 메시지를 파악하지 못하게 된다.

기본적인 전체 글 메시지의 분명한 전달을 위해서는 문장부터 의미가 분명히 도출되어야 한다. 문장에 무슨 내용을 담으려고 했는지 정확히 알 수 없다면 전체 글의 메시지는 파악하기 더 어렵다.

문장 성분이란 문장 구성 요소이고 주 성분, 부속 성분, 독립 성분으로 나뉜다. 주 성분은 문장 골격을 이루는 성분이며 부속 성분은 주 성분이 내용을 수식하는 성분이다. 독립 성분은 주 성분이나 부속 성분과 직접적인 관련은 없고 문장에서 독립적으로 기능하는 성분이다. 독립 성분은 흔히 감탄사 등 독립적으로 기능하는 독립어가 해당된다.

문장의 주 성분으로는 주어, 서술어, 목적어, 보어가 있으며 부속 성분으로는 부사어와 관형어가 있다. 부사어와 관형어는 서술어나 목적어를 수식한다. 하나의 문장은 이 성분들이 조합되어 이루어져 하나의 의미를 만들어낸다. 문장 전개에서는 문장 성분 간의 호응 관계부터 우선 고려해야 한다.

주어와 서술어의 호응

문장 전개에서 특히 신경 쓸 것은 주어와 서술어의 호응 관계다. 주어와 서술어는 문장의 기본 성분이다. 주택의 양쪽을 떠받치는 기둥과 같다. 주어와 서술어가 호응되지 않으면 양쪽 기둥 중 하나가 기울어진다. 그럼 집은 온전히 지탱되지 못하고 무너질 것이다.

한국어에서 주어와 서술어는 문장의 첫 부분과 마지막 부분에 등장한다. 주어와 서술어가 가까이 있으면 집의 폭이 좁은 꼴이고 멀리 떨어져 있으면 집의 폭이 매우 넓은 꼴이다. 튼튼한 집을 지으려면 양쪽 기둥을 서로 가까이 두든지 여러 기둥을 버팀목으로 활용해야 한다. 문장에서는 여러 기둥을 만들 수 있지만 그렇게 되면 문장 구성이 복잡해진다. 문장에서 주어와 서술어의 호응 관계를 확인하는 것은 문장 전개의 기본 중 기본이다.

문장의 의미를 분명히 전달받으려면 주어와 서술어가 빨리 파악되어야 한다. 이때는 문장이 짧을수록 좋다. 문장이 길면 주어와 서술어 사이에 목적절이나 부사절이 많이 들어가 문장의 의미를 빨리 파악하기 어렵다. 또한 문장의 서술어도 빨리 간파하기 어렵다.

"그는 친구와 싸운 나머지 성난 얼굴이었다"라는 문장을 예로 들어보자. 여기서 주어는 '그는'이고 서술어는 '얼굴이었다'다. "그는 얼굴이었다."는 말이 되지 않는다. 여기서 주어와 서술어를 호응시키려면 '얼굴이었다'를 '표정을 짓고 있었다'로 바꿔야 한다. 또한 '표정을 짓고 있었다'와 '표정을 하고 있었다' 중 어느 것이 더 적합한지는 목적어와 서술어의 호응 관계를 따져보면 쉽게 알 수 있다. '표정을 하고 있었다'는 종종 말하기에서 사용한다. 그리고 표현상 문제가 전혀 없는 것으로 받아들인다. 하지만 글쓰기에서 '표정을 하고 있었다'는 부적합한 표현이다. 글쓰기 문장에서는 '표정을 짓고 있었다'로 고쳐야 한다. 결국 이 문장은 "그는 친구와 싸운 나머지 성난 표정을 짓고 있었다."로 고쳐야 한다.

주어와 서술어의 호응 관계는 문장을 쓰면서 고려하는 것이 좋다. 문장을 서술한 다음 주어와 서술어가 호응되는지 확인하는 것은 효율적인 문장 전개가 되지 못한다. 주어와 서술어가 제대로 호응된 문장의 전개는 90% 이상 문제가 없다. 주어와 서술어가 호응되지 않으면 문장 전체가 엉망이 되고 무슨 메시지를 담으려고 했는지 알 수 없다. 문장을 전개할 때는 주어와 서술어가 호응되는지 반드시 확인하는 것이 중요하다.

목적어와 서술어의 호응

연극은 가족 간의 소통이다. 현재는 문명기술의 발달로 서로 소통이 있지만 서로 마음을 알리지 못한다. 가족도 남 같은 느낌을 주며 친밀한 대화는 없다. 작품은 소통 없이 살아가는 것이 어떤 의미인지에 대한 물음이다.

⇨ 연극은 가족 간의 소통을 다룬다. 현재는 문명기술의 발달로 서로 원활한 소통이 이루어지지만 서로 마음을 진실되게 알리는 일은 많지 않다. 가족이 한 울타리에 살더라도 남 같은 느낌을 주며 친밀한 대화를 하지 않는다. 작품은 소통없이 살아가는 것이 어떤 의미인지 묻는다.

문장 전개에서 두 번째로 고려할 것은 목적어와 서술어의 호응 관계다. 목적어와 서술어는 주어의 행위를 직접 설명하는 역할을 한다. 목적어와 서술어는 한 쌍을 이루어 의미를 만들어낸다. 목적어는 문장에서 서술어가 나타내는 행위의 대상이 된다.

예를 들어 "누구든 인생을 즐긴다."라는 문장에서 '즐기다'의 행위 대상인 '인생을'이 목적어가 된다. 문장에서 목적어에는 조사 '을'과 '를'이 붙는다. 목적어와 서술어가 호응되지 않으면 문장의 의미를 분명히 전달받지 못한다. 목적어와 서술어의 호응 관계를 확인하려면 목적어에 합당한 서술어를 파악하면 된다. 목적어와 서술어가 호응되지 않으면 분명한 의미를 만들지 못한다.

흔히 말하기에서는 목적어와 서술어가 호응되지 않더라도 용인된다. 하지만 글쓰기에서 목적어와 서술어가 호응되지 않으면 주어의 행위를 분명히 못할 뿐만 아니라 올바른 문장 표현도 못하게 된다.

"한국에서는 겨울철이 되면 집집마다 김치를 한다."라는 문장을 예로 들어보자. 여기서 목적어 '김치를'과 서술어 '한다'는 서로 호응되지 않는다. 한마디로 말이 안 되는 것이다. 목적어와 호응되는 서술어는 '담그다'가 되어야 한다. 목적어와 서술어가 호응되지 않으면 의미를 정확히 만들어내지 못한다는 사실을 알 수 있다. 문장 전개에서 목적어가 등장하면 목적어에 적합한 서술어를 고려하는 것이 중요하다.

부사어와 서술어의 호응

부사어는 용언을 수식하는 문장 성분이다. 용언은 독립된 뜻이 있고 어미를 활용해 문장 성분이 되는데 흔히 서술어를 말한다.

문장에서 부사어는 서술어와 호응 관계를 유지한다. 부사어는 문장의 필수 요소가 아닌 부속 성분이다. 부사어는 문장에서 서술어의 의미를 보충한다. 하지만 부사어를 사용할 때는 반드시 서술어와 호응 관계를 이루어야 한다. 문장에서 자주 사용하는 부사어는 '전혀', '도저히', '일절', '일체', '반드시' 등이 있다. 이 부사어들은 반드시 서술어와 호응되어야 한다.

예를 들어 "그의 삶은 전혀 비극적이다."라는 문장에서 '전혀'와 '비극적이다'는 호응되지 않는다. '전혀'는 부정적 의미의 부사어다. "그의 삶은 전혀 비극적이지 않다."로 고쳐야 한다. 또한 "우리 집의 가재도구는 일절 가져가도 된다."라는 문장에서 '일절'과 '가져가도 된다'는 호응되지 않는다. '일절'도 부정적 의미의 부사어다. "우리 집의 가재도구는 일절 가져가선 안 된다."로 고쳐야 한다. 현재 부사어의 사용 중 혼란은 부사어의 부정적 의미 여부의 판단 미숙에서 비롯된다. 부사어가 부정적 의미인지 긍정적 의미인지 정확히 알아야 한다.

● ● ● 메시지의 분명한 전달에 초점을 맞추어라
한 편의 글에는 전달하려는 분명한 메시지가 담긴다. 메시지를 분명히 전달하는 것만큼 확실한 의사소통은 없다. 글 전체에서 특정 메시지의 전달 여부를 분명히 하는 것이 중요하다. 그리고 문장 하나부터 분명한 메시지 전달을 해야 전체 글 메시지가 분명히 전달된다.

　문장 메시지를 분명히 전달하려면 1차적으로 문장 성분 간의 호응이 중요하다. 2차적으로는 수식어와 피수식어의 사용도 고려해야 한다. 문장을 전개하다보면 반드시 수식어와 피수식어가 동원된다. 수식어는 수식하는 문장 성분이고 피수식어는 수식받는 문장 성분이다. 문장 성분상 접근하면 수식어는 부사어나 관형어가 해당되고 피수식어는 주어, 목적어, 서술어가 해당된다.

　수식어와 피수식어의 관계에서 분명한 메시지를 끌어내려면 2가지를 염두에 두어야 한다. 수식어와 피수식어를 가까이 두고 2개 이상의 수식어를 사용하지 않는 것이다. 수식어와 피수식어를 가까이 둔다는 것은 수식하는 말과 수식받는 말을 가까이 둔다는 말이다. 수식어와 피수식어를 가까이 두면 메시지가 분명히 도출되지만 수식어와 피수식어를 멀리 떼놓으면 수식어의 피수식어가 무엇인지 모르게 된다. 분명하면서 촌철살인의 메시지가 도출되어야 하지만 그렇지 못하게 된다는 의미다.

　"절대로 우리 가게는 외상을 하지 않는다."라는 문장을 예로 들어보자. 여기서 수식어는 '절대로'다. '절대로'는 문장 앞에 두면 문법적으로 전체를 수식적으로 강조한다. 하지만 의사소통 면에서는 그렇게 접근하면 안 된다. 문장 요소에 대한 문법적 문제는 문장 분석이다. 메시지 전달 면에서는 문법적 접근까지 고려할 필요가 없다. 이 문장에서 수식어와 피수식어를 가까이 둔다는 원칙을 적용하면 "우리 가게는 외상을 절대로 하지 않는다."가 되어야 한다.

일상적인 메시지를 전달할 때 어떻게 분명히 할 수 있는지 생각해야 한다. 글쓰기는 메시지 전달의 한 방법이고 메시지를 분명히 전달하는 방법에 초점을 맞추어야 한다. "항상 나는 친구를 만나면 커피를 마시고 식사한다."라는 문장을 살펴보자. 이 문장에서 '항상'은 부사어다. '항상'이 문장 앞에 있으면 전체를 강조하지만 일상적인 의사소통 면에서 보면 분명한 메시지 전달이 어렵다.

이때는 '항상'의 피수식어를 생각하고 피수식어와 가까이 두어야 한다. "나는 친구를 만나면 항상 커피를 마시고 식사한다."로 고쳐야 한다. 또한 문장 의미를 분명히 하려면 수식어를 2개 이상 사용하면 안 된다. 수식어가 2개 이상 되면 문장이 길어지고 문장 의미를 분명히 하기 어렵다.

'착하고 멋지고 세련된 친구'라는 구를 살펴보자. 여기서 수식어는 '착하고 멋지고 세련된'이고 피수식어는 '친구'다. '친구'의 수식어가 3개나 된다. 문장이 간결하지 않고 혼란스럽다. 메시지의 분명한 전달도 어렵다. 이때는 수식어를 분리해 서술하는 것이 바람직하다. "착하고 멋진 친구가 있다. 그는 세련된 부분도 있다."라는 2개 문장으로 서술하는 것이 메시지를 명료하게 전하는 방법이다.

문장 메시지를 명료하게 하려면 어떻게 해야 이상적인지 생각해야 한다. 짧은 문장에서는 수식어와 피수식어가 가까이 없거나 수식어가 2개 이상이더라도 메시지 전달에는 큰 문제가 없다. 하지만 장황한 긴 문장에서는 이 부분을 지키지 않으면 메시지의 명료한 전달이 되지 않는다. 글 전체의 메시지를 명료하게 전달하려면 문장 전개부터 어떻게 할지 고민하고 실행하는 것이 바람직하다.

● ● ● 문장은 간결하게 쓴다

글을 쓰다보면 어려운 점이 적잖다. 문장을 어떻게 쓰고 단어 선택이나 내용을 어떻게 담아낼지 걱정한다. 하지만 글쓰기에서 문장 전개나 단어 선택은 조금만 신경쓰면 나름대로 잘할 수 있다. 그리고 문장은 간결할수록 문장 의미를 명료하게 할 수 있다.

일반적으로 문장은 짧게 쓰는 것이 좋다. 문장이 길면 뭔가 그럴듯한 내용이 담긴 것 같고 글쓰기를 잘하는 방법이라고 인식한다. 문장이 길어지면 메시지 이해가 어렵고 심지어 내용 파악도 안 된다. 명심하라. 짧고 간결한 문장만큼 이상적인 것도 없다.

문장을 간결하게 쓴다는 것은 문장을 단순하게 구사하고 짧게 쓰는 것이다. 2가지 의미는 무관하지 않다. 문장을 복잡하게 안 쓰는 것이 문장을 짧게 하는 것이고 문장을 짧게 쓰는 것이 문장을 복잡하게 하지 않는 것이다.

문장을 복잡하게 전개하면 메시지 수용이 어렵다. 문장에서 메시지가 명료하게 도출되지 않으면 글 전체의 내용을 명료하게 파악하기 어렵다. 문장 전개 방법에 따라 글 내용이 제대로 도출되는 여부가 달려 있다. 장황하고 복잡하게 서술하는 것이 훌륭한 문장쓰기라고 착각한다. 문장이 장황하고 복잡하면 뭔가 내용이 있어 보이는 문장이고 유식한 사람의 문장으로 인식한다. 하지만 엄청난 착각이다. 메시지를 전달할 때 문장이 장황하거나 복잡해지면 수용자는 명료한 메시지를 전달받기 어렵다. 문장을 길게 펼치면 메시지 수용자는 답답하고 "문장을 왜 저렇게 펼치지?"라고 생각하기 쉽다.

간결한 문장이 되려면 불필요한 표현을 안 하면 된다. 문장을 전개할 때 반드시 필요한 내용만 담고 쓸데없고 지엽적인 내용은 붙이지 말아야 한다. "현대사회는 사회적으로 복잡하고 문화적으로 다양화되고 있다."라는 문장에서 불필요한 표현은 '사회적으로' 와 '문화적으로'다. 두 표현을 삭제해도 의미는 크게 달라지지 않는다. "현대사회는 복잡하고 다양화되고 있다."로 간결해진다.

"나는 오늘 9시에 학교에 와 1시간 친구와 잡담하고 오후 12시에 다른 친구와 점심을 먹고 오후 3시에 철학개론 강의를 듣고 집에 가 샤워하고 잠을 잤다."라는 메시지를 살펴보자. 이때 메시지 청자들은 듣는 것 자체가 고역이다. "왜 저렇게 말하지?", "듣는데 짜증나" 등으로 불만을 제기할 수 있다. 심지어 "정신이 좀 이상한가?", "말하는 방식을 모르나?" 등으로 의문을 제기할 수도 있다. 장황한 문장의 폐해를 보여준다.

메시지가 명료하게 전달되려면 "나는 오늘 9시에 학교에 갔다.

친구와 1시간 잡담했다. 12시에는 다른 친구와 점심을 먹었다. 오후 3시에 철학 강의를 듣고 집에 왔다. 집에서 샤워하고 잤다."로 고쳐야 한다. 짧은 문장만큼 명료한 메시지 전달은 없다.

일반적으로 글을 쓸 때는 간결한 문장 전개가 기본 중 기본이다. 기사를 쓸 때는 한 문장에 40자 이상 넘기지 말라는 주문이 있다. 40자 이상 넘어가면 주어와 서술어가 호응 관계를 갖기 어렵고 메시지가 복잡해진다. "나는 자연을 즐긴다."라는 문장은 8자다. 40자 이상 전개하면 문장이 복잡해지고 즉각적인 메시지 파악이 어렵다는 의미다.

문장 전개 사례

문익점은 공민왕의 정치세력에 반대하고 이성계를 꿋꿋이 비판하며 스스로 몰락으로 내몬 반역자였다.

⇨ 문익점은 스스로 몰락한 반역자였다.

보통 유명 연예인은 범법행위를 저질러도 인기에 가려 처벌을 면하거나 그의 범죄행위가 쉽게 잊혀진다.

⇨ 유명 연예인의 범법행위는 쉽게 잊혀진다.

●●● 짧은 문장을 만드는 방법

짧은 문장을 만드는 방법은 기술적 문제다. 문장을 전개할 때 길게 안 하고 짧게 하면 된다. 하지만 문장을 짧게 전개하는 것은 말처럼 쉽진 않다. 일상적으로 문장을 길게 전개하는 것이 습관화되기도 했다. 특히 긴 문장이 '배운 사람'의 문장이고 지식인의 문장이라고 인식하는 경향이 있다. 하지만 짧은 문장만큼 명료한 의사소통 방법도 없다. 문장을 짧게 하려면 기본적으로 글의 주제를 완벽히 파악하고 쓸 내용을 정확히 알아야 한다. 그것이 전제되면 짧은 문장을 구사하게 된다.

일기에서는 긴 문장을 안 쓴다. 쓰려는 내용을 완벽히 알기 때문이다. 이것은 문장을 짧게 쓰는 근본적인 부분이지만 기술적으로도 짧은 문장을 쓰는 방법을 강구해야 한다.

한 문장은 두 줄 이상 넘기지 않는다

문장을 짧게 쓰는 방법은 문장 길이를 짧게 하는 것이 우선이다. 가능하면 문장은 한 줄 이상 넘기면 안 된다고 생각해야 한다. 한 줄 이상 넘어가면 어떻게든 끊어야 할지 생각해야 한다. 물론 한 문장을 두 줄로 쓴다고 해서 문제가 되는 것은 아니다. 하지만 문장을 짧게 쓰는 것이 메시지 전달에 이상적이다.

"날씨가 갑자기 추워졌기 때문에 외투를 꺼내 입을 수밖에 없었다."

"날씨가 갑자기 추워졌다. 외투를 꺼내 입을 수밖에 없었다."

"날씨가 갑자기 추워졌다. 외투를 꺼내 입어야만 추위를 이길
수 있었다."

"나는 커피전문점을 가고 있었는데 오래 전 친구를 우연히
만났다."

"나는 카피전문점을 가고 있었다. 오래 전 친구를 우연히
만났다."

이렇듯 문장 서술에서 '~ 때문에'와 '~ 있는데'로 표현될 때는
과감히 끊는 것이 이상적이다.

한 문장에 하나의 생각만 담는다

한 문장에는 하나의 이야기만 담아야 한다. 한 문장에 두 이야
기가 담기면 문장이 길어지고 의미를 전달받기 어렵다. 하지만 하
나의 생각만 담아내면 문장은 짧아진다. 한 문장에 하나의 생각
만 담으면 대부분 단문이 된다. 단문은 주어와 서술어가 1회만 성
립하는 문장이다.

단문은 결국 짧은 문장이 될 수밖에 없다. 그리고 문장을 짧게
하려면 접속부사의 남발은 금물이다. 문장을 짧게 하면서 접속부
사를 남발하지 않는 방법은 글의 주제를 완벽히 이해하고 주제에

어떤 내용을 쓸지 완벽히 파악하면 짧은 문장을 쓸 수 있다. 쓸 내용을 완벽히 파악하면 짧은 문장이 나올 수밖에 없고 접속부사의 사용도 많지 않다.

군더더기 표현은 하지 않는다

간결하고 깔끔한 문장 전개만큼 좋은 것도 없다. 문장을 전개하다보면 불필요한 표현을 덧붙이거나 늘어놓는 경우가 있다. 뭔가 문장을 길게 펼쳐야 한다는 오판과 글 분량을 채우려는 욕심에서 비롯된다. 군더더기는 사족이다.

"직장에서 열심히 일했다."라는 표현을 "직장에서 열심히 즐거운 마음으로 일했다."라고 할 때 '즐거운 마음으로'는 군더더기 표현이다. 생활도구를 보면 용도에 맞게 실용적으로 만들면 소비자들이 선호한다. 하지만 용도와 상관없이 쓸데없는 장식이나 불필요한 부분을 추가하면 쓰기에도 불편하고 보기에도 깔끔하지 않다. 문장에서 군더더기 표현이 난무하면 메시지를 깔끔하게 담아내지 못하게 된다.

문장에서 군더더기 표현의 남발은 팩트(Fact)는 별로 없으면서 문장만 길게 쓰려는 욕심에서 비롯된다. 글은 미사여구를 동원해 장황하게 치장하는 것이 아니다. 문장을 전개할 때는 반드시 필요하고 적합한 표현만 쓰는 것이 바람직하다.

글을 쓰다보면 사실을 토대로 의견을 제시하는 경우가 많다. 사실과 의견은 한 문장에 함께 담아내지 말고 분리하는 것이 이상적이다. 사실과 의견의 분리는 1차적으로 문장을 짧게 구사하는 방법이다. 더구나 메시지도 명료하게 전달받을 수 있다.

예를 들어 "유럽 항공기 사고로 수백 명이 숨져 너무나 충격적이고 슬펐다."라는 문장은 "유럽 항공기 사고로 수백 명이 숨졌다. 한 마디로 너무나 충격적이고 슬펐다."라고 구사하는 것이 좋다. 물론 사실과 의견을 동시에 구사하면 감칠 맛 나는 글이 있다.

특히 여행 가이드의 경우, 한 문장에 사실과 의견을 동시에 담아내면 나름대로 표현효과가 있다. 예를 들어 "강원도 동해안에 자리 잡은 정동진의 백사장 길이는 10km에 달해 그야말로 환상적이다."라고 서술하는 경우다. 하지만 이런 경우를 제외하면 사실과 의견을 분리해 전개하는 것이 좋다.

사실만 담아내도 메시지를 충분히 전달하는데도 불구하고 상황에 대한 느낌을 추가해 서술하는 경우도 있다. 나름대로 글쓰기 방법을 몰라 발생한 부분도 있다. 상황과 감정을 동시에 담아내면 '글맛'을 못 느낀다. 글에 함축된 의미를 전달받게 하는 것이 아니라 그 느낌을 희석시킨다.

예를 들어 "그는 노숙자를 마구 구타했으며 저는 차마 발길이 떨어지지 않아 그 광경을 지켜볼 수밖에 없었습니다."라는 문장에서는 '차마 발길이 떨어지지 않아'라는 구를 생략하는 것이 좋다. "그는 노숙자를 마구 구타했으며 그 광경을 지켜볼 수밖에 없었습니다."로 고치면 된다. 문장을 서술할 때 상황에 대한 느낌이나 감정을 덧붙이는 것은 문학 글에서는 유용하지만 비문학 글에서는 별로 바람직하지 않다.

● ● ● 좋은 문장 쓰는 법

논리를 갖추어라

글쓰기에서 논리적 부분은 주로 서술에 해당한다. 하지만 문장을 전개할 때도 논리성을 갖추는 것이 중요하다. 문장에 따라 일부 내용의 강조를 위해 비논리적으로 전개되기도 하지만 별로 많지 않다. 그리고 문법적으로 접근할 때는 비논리적으로 접근해도 어느 정도 용인된다. 하지만 일상적인 메시지를 전달할 때는 문장에서도 논리성을 갖추어야 한다. 문장에서 논리성을 갖추면 자연스런 사고의 흐름에 기본적인 역할을 하게 된다.

"시간이 흐를수록 상황은 점점 더 험악해졌다."라는 문장을 예로 들어보자. 이 문장에서 '시간이 흐를수록'을 문장 앞에 둔 것은 두 가지 이유다. '시간이 흐를수록'을 강조하기 위해서고 문장의 논리성을 제대로 알지 못했기 때문이다. 하지만 문장을 전개할 때 문법적인 접근은 특별한 경우가 아니면 고려하지 않아도 된다.

메시지의 논리적 전달에 더 큰 초점을 두는 것이 좋다. 그렇다면 이 문장은 "상황은 시간이 흐를수록 점점 더 험악해졌다."로 고치는 것이 바람직하다. 일부에서는 이런 부분이 큰 문제가 되느냐고 반문할 수도 있다. 문장을 하나하나 전개할 때 이런 부분도 신경쓰는 것이 전체 글의 내용을 명료하게 도출하는 방식이다.

주어를 먼저 써라

문장에서는 주어와 서술어가 뼈대 역할을 한다. 주어는 문두에 제시되는 것이 일반적이다. 하지만 문장 전개에서 주어를 뒤에 제시하는 경우도 가끔 있다. 주어는 문장에 담긴 메시지의 주체적 역할을 한다. 가능하면 빨리 제시하는 것이 좋다. 특히 주어는 문장 첫 부분에 제시하는 것이 바람직하다. 문장 메시지를 쉽게 빨리 이해하는 데 도움이 된다.

"작품 제작이 늦어지고 일정도 일주일이나 연기된 다음에서야 전시회는 본격적으로 열릴 수 있었다." 이 문장의 주어는 '전시회는'이다. 주어가 문장 후반부에 등장한다. 의미의 주체를 빨리 간파하는 것이 어려워 보인다. "전시회는 작품 제작이 늦어지고 일정도 일주일이나 연기되었다. 그 후 전시회는 본격적으로 열릴 수 있었다." 주어를 문장 앞으로 빼고 두 문장으로 나누었다. 어떤

가? 훨씬 매끄럽지 않은가?

또 다른 문장을 살펴보자. "영사관 직무를 수행하며 미국의 선
진문물에 크게 감동한 주인공은 근대화의 중요성에 매료된다.",
"주인공은 영사관 직무를 수행하며 미국의 선진문물에 크게 감
동한 나머지 근대화의 중요성에 매료된다."

가능하면 주어는 생략하지 않는다

외국어는 주어가 생략되는 경우가 적다. 하지만 한국어는 주어
가 생략되는 경우가 많다. 한국어에서 주어 생략은 메시지 전달
자가 자신인 경우, 굳이 제시할 필요가 없기 때문이다. 자신인 주
체가 지속적으로 제시되는 것이 바람직하지 않다는 입장이다. 물
론 여기에는 언어 사용 방법도 반영된다. 우리의 언어 사용 습관
을 보면 부분적으로 유교사상이 묻어난다. 자신을 드러내기보다
감추거나 생략하는 것을 유교적 미덕으로 인식하는 것이다. 이것
이 반영된 면도 있다.

문장에서 주어가 생략되어도 문제없다면 별 상관없다. 하지만
주어가 있어야 문장의 메시지가 정확히 전달될 수 있다고 판단되
면 반드시 제시되어야 한다. 주어는 문장의 주체적 역할을 한다.
일부에서는 앞 내용을 연속적으로 잇기 때문에 주어를 생략해도
된다고 주장한다. 하지만 하나의 문장은 그 자체로 메시지가 온전
히 담기는 것이 중요하다.

문장 메시지를 빨리 파악하려면 우선 주어부터 알아야 한다. 주어를 문장 앞에 써도 그 앞에 지나친 수식어구를 사용하는 것은 바람직하지 않다. 주어 앞의 장황한 수식어구는 주어를 빨리 간파하기 어렵게 만들기 때문이다. 주어를 수식하는 내용을 파악하다보면 주어를 파악하기 어렵고 메시지를 빨리 이해하기도 어렵다. 훌륭한 문장은 기본적으로 메시지를 빨리 파악하도록 해주는 문장이다. 주어 앞에 수식어구를 장황하게 늘어놓는 것은 복잡한 몸치장과 같다.

"실험적인 제작 방식을 통해 런던을 기반으로 왕성하게 활동 중인 아티스트 그룹 '트로이카'는 현대 설치미술을 주도하고 있다."라는 문장을 예로 들어보자. 이 문장의 주어는 '아티스트 그룹 트로이카'다. 이 문장의 주어 앞에는 '실험적인 제작 방식을 통해 런던을 기반으로 왕성하게 활동 중인'이라는 수식어구가 사용되고 있다. 이 경우, 문장의 주어는 빨리 파악되지 않는다. 메시지도 빨리 파악하기 어렵다. 이 문장은 "아티스트 그룹 '트로이카'는 런던을 기반으로 왕성한 활동 중이며 실험적인 제작 방식을 통해 현대 설치미술을 주도하고 있다."로 고치는 것이 좋다.

또한 주어 앞에 긴 수식어구를 쓰지 말고 두 문장으로 서술하는 것이 메시지 전달에 효과적이다. 주어의 수식어구를 한 문장으로 만들고 나머지 내용을 한 문장으로 만드는 것이 이상적인 전개가 된다.

접속부사는 단어의 품사다. 접속부사는 부사에 속하지만 영어에서는 접속사로 부른다. 한국어에서는 접속사라는 품사명을 사용하지 않고 부사의 일종인 접속부사로 표현한다. 한국어의 '그러나', '그러므로', '따라서', '그런데', '하지만' 등이 접속부사다.

내용을 완벽히 파악한다

한 편의 글을 쓸 때 접속부사의 지나친 남용은 바람직하지 않다. 접속부사를 남용하면 자연스런 글의 흐름 부분이 약해지고 메시지 전달에도 부드러움을 주지 못한다. 접속부사를 남용하지 않으려면 우선 주제부터 완벽히 소화해야 한다. 주제의 내용을 완벽히 파악하면 접속부사 남용은 거의 없어진다.

일기 쓰기를 생각해보자. 일기를 쓸 때 접속부사는 거의 사용되지 않는다. 쓰려는 내용을 완벽히 파악하고 있기 때문이다. 접속부사가 남용되면 내용의 흐름을 갑자기 전환하거나 내용을 충분히 설명하지 못한 데서 비롯되는 경우가 많다. 접속부사를 사용하지 않으려면 기본적으로 쓸 내용을 완벽히 파악하고 있어야 한다.

주어 앞에 간단한 수식어구를 사용한다

주어는 문장의 중심이고 주어가 문장에서 먼저 제시되는 것이 이상적이다. 특히 구나 절이 수식하지 않는 주어가 먼저 제시되면 가장 이상적이다. 하지만 접속부사를 사용하지 않으려면 주어 앞에 짧은 수식어구를 동원하면 된다. 주어 앞의 수식어구가 접속부사를 대신할 수 있다.

예를 들어 "장 씨는 앵무새를 찾을 수 없었다. 그런데 지난 밤 장 씨에게 낭보가 날아들었다."라는 문장을 "장 씨는 앵무새를 찾을 수 없었다. 실의에 빠져 있던 장 씨는 지난 밤 낭보를 접했다."로 고치면 접속부사를 사용하지 않고 문장을 전개할 수 있다.

다. 문장을 전개하면서 내용을 전환한다

접속부사의 사용은 내용을 전환하거나 결론을 내리기 위한 경우가 많다. 내용을 전환하려면 문장을 추가 서술하고 그 과정에서 내용을 전환하면 접속부사를 사용하지 않을 수 있다.

예를 들어 "나는 평소 그를 별로 좋아하지 않았다. 그러나 지금은 그를 매우 좋아한다."라는 문장은 "나는 평소 그를 좋아하지 않았다. 그가 하는 행동이 어느 한 구석도 마음에 들지 않았다. 그의 모습은 한심하다는 생각도 했다. 얼마 전 그는 내게 새롭게 다가왔다. 행동 하나하나가 섬세하고 배려심이 많았다. 지금은 그를 매우 좋아할 수밖에 없다."로 전개하면 된다. 이때 내용을 추가하되 내용 전환 방법을 고려해야 한다.

내용을 전개할 때 접속부사의 남용은 바람직하지 않다. 내용을 전개할 때 접속부사의 사용을 피하는 방법 강구도 글쓰기에서 중요하다.

가장 적합한 단어를 선택하라

* * *

● ● ● 적합한 단어는 하나밖에 없다

글쓰기에서 단어 선택은 매우 중요하다. 일상생활에서는 단어의 의미를 몰라도 큰 불편을 느끼진 않는다. 메시지를 전할 때도 알고 있는 단어를 대충 선택하면 별 문제가 없다. 하지만 글쓰기에서는 다르다. 단어 선택에 적잖은 신경을 써야 한다. 문맥상 선택하는 단어에 따라 문장의 의미가 완전히 달라진다. 단어를 잘못 선택하면 글 전체가 문제가 될 수 있다.

쿠데타에 대한 글을 쓴다고 가정해보자. 쿠데타와 군사반란의 내용을 담아낸다면 쿠데타라는 단어의 의미를 정확히 알아야 한다. 만약 쿠데타에 대한 내용을 쓰는데 혁명이라는 단어를 쓴다면 그 글은 문제가 될 수 있다. 물론 혁명이라는 단어가 문맥상 맞게 쓰일 수 있다. 하지만 문맥상 의미가 맞지 않다면 혁명이라는 단어 하나 때문에 글 전체가 문제가 될 수 있다.

단어는 작은 의미 단위다. 단어는 음운이 합쳐 이루어지고 결국 음운은 최소 의미 단위가 된다. 음운은 하나의 단어가 될 수 있지만 일반적으로 여러 음운이 합쳐져 단어가 된다.

'돌'이라는 단어는 음운과 동시에 하나의 단어가 된다. 그리고 돌멩이는 두 개의 음운이 합쳐져 하나의 단어가 되었다. 어쨌든 단어는 의미를 나타내는 단위다. 단어 선택에 따라 문장의 의미는 물론 글의 전체 의미까지 달라질 수 있다. 결국 메시지 전달에서 단어는 의미를 명료하게 하는 핵심 요소다. 잘못된 단어 선택을 한다면 문장의 메시지를 파악하기 어려울 것이다.

말하기에서 단어의 의미는 정확하고 명료하지 않아도 어느 정도 용인된다. 말하기에서는 정확한 의미의 단어가 아니더라도 문맥에 따라 의미를 유추하거나 상대방에게 물어볼 수 있다. 하지만 글쓰기에서는 정확한 의미의 단어가 선택되어야 한다. 글쓰기에서 사용되는 단어는 사전적 의미에 충실해야 하고 정확히 문맥에 맞아야 한다. 그렇지 않으면 메시지를 명료하게 전달받을 수 없다.

문장의 메시지가 명료하지 않으면 글 전체의 메시지도 명료하게 전달되지 않을 가능성이 높다. 글쓰기에서 단어를 선택할 때는 막연히 "이 단어가 맞겠지!"라는 생각으로 접근하면 안 된다. 문맥에 맞는 단어인지 반드시 확인하고 선택해야 한다.

단어는 대상을 표현하기 위해 인간이 만들어낸 개념이다. 인간이 접하는 모든 대상에 대해 서로 소통하고 이해하고 전달하기 위해 대상에 적합한 단어를 만들어내고 그것을 해당 국가의 언어로 통용한다. 인간이 모든 대상에 가장 적합한 단어를 만들어내는 것은 어려운 부분도 있다. 그래도 가능한 모든 대상에 대한 단어를 만들어 사용하고 있다. 일부 대상에 대해서는 여러 단어를 만들어내지만 대상의 의미에 가장 적합한 단어는 하나라고 생각해야 한다.

새를 예로 들어보자. 새는 많은 종류가 있다. 종류마다 이름이 다르다. 앵무새의 경우, 사랑 앵무새, 모란 앵무새, 왕관 앵무새, 장미 앵무새 등이 있다. 앵무새의 종류에 따라 다르게 불리는 것은 전체를 포괄해 지칭하기에 불분명하고 대상을 세부적으로 구별할 수 없기 때문이다. 다시 말해 인간이 대상을 구별하기 위해 그 대상을 지칭하는 적합한 단어를 만들어 사용하고 있다는 의미다. 결국 대상에 적합한 단어는 하나만 존재한다고 생각한다. 글쓰기 할 때는 의미상 가장 적합한 단어를 반드시 확인하고 선택해야 한다.

● ● ● 사전을 활용하라

내용상 가장 적절한 단어 사용이 원활한 의사소통을 가능케 한다. 하지만 우리는 어떤 단어를 선택하더라도 의미만 통하면 된다고 생각한다. 잘못된 생각이다. 단어 선택은 매우 중요하다. 적절한 단어는 메시지를 명료하게 전달하기 위한 1차 역할을 한다. 반면, 부적합한 단어를 사용하면 문장의 의미가 과장되거나 부정확해지기 쉽다. 문장의 의미가 난잡해지고 정확히 표출되기 어려운 요인이 된다.

단어의 의미를 정확히 모르면 사전을 이용하는 것이 좋다. 대충 "~이 맞겠지!"라는 생각으로 단어를 선택하면 올바른 의사소통은 어렵다. 문장의 의미가 부정확하고 명료하지 않으면 글 전체의 내용이 문제가 될 수 있다. 특히 중요한 개념이나 용어 하나를 잘못 선택하면 글 전체의 의미가 문제가 될 수 있다. 단어를 선택할 때는 단어의 정확한 의미를 반드시 확인해야 한다. 대충 "~ 뜻이 맞겠지!"라는 생각은 곤란하다.

흔히 기자는 글쓰기 전문가라고 한다. 기자들은 일상 정보를 기사로 만든다. 하루에도 적잖은 분량의 글을 쓰고 모든 일상이 글쓰기로 채워진다고 해도 과언이 아니다. 기자는 기사를 쓸 때 단어 선택에 상당히 신중을 기한다. 단어의 정확한 의미를 파악하고 선택한다. 특히 기사를 쓰다가 단어의 의미를 정확히 알지 못하면 반드시 사전에서 찾아본다. 사전에서 단어의 정확한 의미를 확인하고 선택한다. 기자들의 책상에는 항상 국어사전이 비치되어 있다. 기자들의 사무용 책상에는 글쓰기용 자료들이 널려 있지만 그 중심에는 반드시 사전이 있다. 단어의 의미를 정확히 모를 때는 사전을 찾아 의미를 확인하고 기사를 쓴다.

오늘날은 인터넷 시대다. 글을 쓸 때 굳이 오프라인 사전을 활용할 필요는 없다. 인터넷 포털 사이트의 사전 메뉴를 활용하면 된다. 어쩌면 과거보다 글쓰기가 쉽고 편리해졌다고 할 수 있다. 하지만 대부분은 글쓰기를 할 때 굳이 사전까지 찾아봐야 하는지 의구심을 갖기도 한다. "내가 아는 단어를 내 마음대로 구사하면 되겠지."라고 오판한다. 잘못된 생각이다.

글쓰기에서 기본적으로 갖추어야 하는 것은 단어 선택에서 출발한다. 단어 선택이 잘못되면 문장의 의미는 물론 글 전체의 의미 전달에 문제가 발생할 수 있다. '개혁'과 '혁신'이라는 단어를 예로 들어보자. 두 단어는 의미가 비슷해 보이지만 실제 의미상 차이가 있다. 개혁의 사전적 의미는 '제도나 기구 따위를 새롭게 뜯어고치는 것'이다. 혁신의 사전적 의미는 '묵은 풍습이나 관습, 방법 따위를 완전히 바꾸어 새롭게 하는 것'을 말한다.

개혁과 혁신이 변화 자체에 의미를 둔다는 점에서는 같다. 개혁은 근본적인 문제로부터 접근의 변화 방식을 의미하고 혁신은 변화를 위해 각종 수단을 동원해 개선하거나 변형한다는 것이 다른 점이다. 한 마디로 혁신은 테크닉이다. 그럼에도 불구하고 개혁과 혁신을 혼동해 사용하거나 정확한 의미를 모른 채 사용하는 것은 전혀 바람직하지 않다. 단어의 정확한 의미를 모르면 사전을 찾아 의미를 확인해 사용하는 것이 글쓰기의 기본이다.

모국어더라도 모든 단어의 의미를 정확히 알기는 어렵다. 일부 단어의 의미를 잘 안다고 생각하지만 정확한 의미를 모르는 경우가 있다. 그리고 단어마다 의미상 차이가 있다. 인간이 단어를 만들어낼 때는 단어가 그 대상에 가장 적합한 의미를 표현하고 있다고 판단했다. 하지만 모든 대상마다 적합한 단어를 만들기는 어렵고 그 때문에 엇비슷한 의미의 단어가 생겨났다고 할 수 있다. 하지만 단어 선택은 가능하면 의미가 정확해야 한다.

● ● ● 적합한 단어의 선택 방법

가장 적합한 단어란 명료한 의미를 전달하는 단어다. 메시지는 기본적으로 문장을 통해 전달된다. 문장의 의미는 명료할수록 정확한 메시지를 전달할 수 있다. 문장의 의미가 명료하려면 적합한 단어를 선택해야 한다. 적합한 단어가 아닌 이중 의미의 단어나 어렵고 복잡한 의미의 단어는 상대방이 메시지를 명료하게 전달받기 어렵게 만든다.

문맥에 적합한 단어인지 확인하라

단어는 문맥에 따라 다르게 해석될 수 있다. 이중적으로도 해석될 수 있다. "그는 운 좋게도 10년 만에 이사한다."라는 문장에서 '이사'의 의미는 한 눈에 파악되지 않는다. 실제로 집을 옮기거나 기업체 이사직을 맡는다는 의미로 해석될 수 있다. 여기서 은유적으로도 쓸 수 있지만 일반 글쓰기에서는 그런 식으로 접근하면 안 된다. 만약 '이사직을 맡는다'라는 메시지를 전달하려고 했다면 "그는 운 좋게도 10년 만에 이사가 되었다." 또는 "그는 운 좋게도 10년 만에 이사직을 맡는다."로 써야 한다.

문장 성분 간의 호응 관계를 따져본다

단어 선택은 문장 성분 간의 호응 관계를 따져보면 적합한 의미의 단어를 확인할 수 있다. 문장 성분은 문장에서 일정 역할을 담당하고 그 역할은 서로 호응되어야 한다. 예를 들어 부사어와 서술어의 호응을 생각해볼 수 있다. '전혀'라는 부사어에는 부정사인 '아니다'의 서술어가 호응 관계를 갖는다. 또한 부사어 '전혀'도 부정사와 호응 관계를 갖는다.

"미술 작품은 전혀 예술적 가치를 지니고 있다."라는 문장은 '전혀'와 서술어가 호응되지 않는다. 이 문장은 "미술 작품은 전혀 예술적 가치를 지니지 않는다."로 고쳐야 한다.

또 다른 예를 들어보자. "모범생 친구는 학과의 회장을 맺었다."가 아니라 "모범생 친구는 학과의 회장을 맡았다."가 맞는 문장이다. 여기서 '회장을 맺다'가 맞는지 '회장을 맡다'가 맞는지 확인하려면 목적어와 서술어의 호응 관계를 따져보면 적합한 단어를 선택할 수 있다.

중복 표현은 피한다

문장을 전개하다보면 중복 표현을 서슴잖게 하곤 한다. 중복 표현은 일상에서 무심코 사용하던 표현을 거르지 않고 글로 표현한 데서 비롯되었다. 일상적인 말하기에서는 별 문제가 안 되지만 글에서는 신경 써 표현해야 한다.

예를 들어 '초가집'은 '초가'이고 '역전 앞'은 '역전' 또는 '역 앞'이다. '지나온 과거'는 '과거'다. 중복 표현은 간결한 문장과 깔끔한 표현을 어렵게 만든다. 문장을 전개할 때는 혹시 중복 표현을 쓰고 있는지 반드시 확인해야 한다.

Part 5

제대로 된 글인지 점검하는 법

" 글을 완성해 다듬는 단계다. 한 편의 글이 완성되었더라도 부분적으로 완성되지 못한 경우가 있다. 그럴 때는 내용이나 표현을 고쳐야 한다. 점검 단계는 완성된 글을 생산하기 위한 마지막 손질 단계다. 여기서는 글의 구성, 내용, 표현, 단어 사용과 맞춤법, 띄어쓰기도 꼼꼼히 살펴야 한다. "

완벽한 글을 생산하려면 한 부분도 놓치면 안 된다. 완벽한 글은 자신에게 만족감을 줄 뿐만 아니라 타인으로부터 글쓰기 실력자로 인정받게 만든다. 한 편의 글을 쓸 때 "대충 끝내면 되겠지!"라는 생각보다 완벽한 글을 쓰겠다는 자세로 임하는 것이 좋다. 글쓰기에서 마지막으로 수정, 보완할 기회는 점검 단계다. 이때 완벽을 기하지 않으면 글을 다시 고치기 어렵다. 글 고치기는 글쓰기 과정의 마지막 단계에서 실행한다. 이때 제대로 접근해야 손색없는 글을 생산할 수 있다.

글 고치기의 관점을 파악하라

글 고치기는 거시적 접근과 미시적 접근으로 나눌 수 있다. 우선 거시적 접근에서 이루어진 다음 미시적 접근으로 글을 고치는 것이 좋다. 다시 말해 큰 틀에서 먼저 고친 후 작은 틀에서 한 번 더 고치는 것이 이상적이다.

선반을 만들어놓고 고친다고 생각해보자. 이때 큰 틀에서 먼저 고친 다음 작은 틀에서 고치는 것이 기본이다. 작은 틀에서 먼저 고치면 큰 틀을 고친 다음 다시 작은 틀을 고치는 사태가 벌어진다. 고치기가 더 번거로워지는 셈이다.

거시적 관점의 글 고치기는 글의 기본 틀인 글 구성과 내용이 주다. 글쓰기에서는 글 구성이 기본적으로 제대로 갖추어져야 한다. 글 구성이 제대로 갖추어지지 않으면 아무리 고쳐도 훌륭한 글이 될 수 없다. 내용도 정확한지 확인해야 한다. 불필요한 부분의 확인도 필요하다. 내용상 불필요한 것은 과감히 버린다. 어렵게 담아낸 내용이 아깝다고 삭제하지 않은 채 두면 그 글은 내용 때문에 문제가 될 수 있다. 불필요한 내용의 판단은 글의 주제와 밀접한 관련이 있는지 고려하면 된다. 글의 주제와 무관하다면 과감히 삭제해야 한다. 그리고 추가로 필요한 내용이 없는지도 확인해야 한다.

글쓰기는 주제를 중심으로 내용을 담아내고 주제를 명료하고 설득력 있게 도출하는 것이 핵심이다. 내용이 장황하더라도 주제를 정확히 알 수 없거나 주제를 뒷받침할 충분한 근거가 서술되지 않으면 훌륭한 글이 될 수 없다. 글의 주제를 제대로 도출하는 데 필요한 내용이 있다면 추가하는 것이 기본이다.

미시적 관점에서는 흔히 글쓰기의 기본인 문장, 단어 사용, 맞춤법, 띄어쓰기가 해당된다. 문장은 메시지를 명료하게 도출하고 있는지 확인해야 한다. 특히 문장은 주어와 서술어가 일치하는지, 복잡하거나 장황하게 펼쳐져 있는지 확인해야 한다.

주어와 서술어는 반드시 일치해야 하며 문장 길이도 짧고 간결하게 고쳐야 한다. 적합한 단어의 선택 여부도 확인해야 한다. 특히 단어의 적합성 여부를 판단하려면 문장 성분 간의 호응 관계를 따져보면 된다. 기본적으로 맞춤법과 띄어쓰기 규칙도 지켜야 한다.

글의 구성부터 고쳐라

처음부터 완벽한 글을 쓸 수는 없다. 쓸 내용을 완벽히 파악하더라도 글을 한 번에 완성하기는 쉽지 않다. 글쓰기는 쓰고 고치기를 반복하는 작업이다. 쓰고 고치면서 새로운 내용을 추가하거나 보완한다. 한 편의 글을 쓰려면 여러 번 고치고 수정작업이 많을수록 훌륭한 글이 생산될 가능성이 높다. 그렇다고 무작정하기보다 체계적으로 하는 것이 중요하다.

한 편의 글이 완성되면 맨 먼저 점검할 것은 글의 구성이다. 글의 구성이 제대로 되었는지 글에 맞게 정확히 구성되었는지 확인해야 한다. 글의 내용이 제대로 된 틀에 담기지 않으면 훌륭한 글이 될 수 없다. 특히 글다운 글이 되려면 구성이 제대로 되어야 한다.

글의 구성을 점검하려면 우선 글의 내용에 맞는 구성인지 확인해야 한다. 기본적으로 글의 구성은 글의 유형에 따라 다르다. 따라서 먼저 본인이 어떤 글을 쓰려고 했는지 생각해야 한다. 글의 유형에 따른 구성이 따로 있기 때문이다. 하지만 글의 구성은 글쓰기에서 중요하지만 특별한 점검 대상은 아니다. 너무 당연하기 때문이다. 어쨌든 쓰려는 글의 구성에 맞는지 1차적으로 확인하는 것이 훌륭한 글을 생산하는 첩경이라고 생각해야 한다.

글의 구성을 점검할 때 추가로 할 일이 있다. 서두, 본문, 결말이 균형적으로 조직되었는지 확인하는 것이다. 서두, 본문, 결말이 균형적으로 조직되지 않았다면 내용물이 기형적으로 담겼다고 볼 수 있다. 서두 분량이 많고 본문 분량이 적거나 본문 분량이 적고 결말 분량이 많다면 균형이 안 맞는 것이다.

이때 서두와 결말 분량은 줄이고 본문 분량은 늘려야 한다. 그리고 서두나 결말 중 하나라도 없으면 안 된다. 서두나 결말이 없으면 반드시 추가해야 한다. 서두, 본문, 결말이 조화롭게 조직되어야 형식적으로도 훌륭한 글이 될 수 있다.

주제가 잘 도출되었는지 확인하라

훌륭한 글의 기준은 다양하다. 기본적으로 훌륭한 글은 제대로 된 주제 도출 여부가 1차 기준이다. 주제가 제대로 도출되었는지 확인하려면 우선 주제에서 벗어난 내용이 있는지 파악해야 한다. 한 편의 글은 하나의 주제 도출이 기본 중 기본이다. 하지만 주제를 제대로 도출하려면 전체 내용이 주제와 일목요연하게 연관되어야 한다. 주제와 연관되지 않은 내용이 있으면 주제를 효율적으로 도출했다고 할 수 없다. 심지어 주제에서 벗어난 내용으로 글의 주제가 무엇인지 정확히 알 수 없게 된다. 삼천포로 빠진 글이 되는 것이다.

주제와 관련 없는 내용은 불필요하다. 이 내용들은 전달하려는 메시지에 굳이 동원할 필요 없다. 주제와 관련 없는 내용이 있다면 과감히 삭제해야 한다. 주제와 관련 없음에도 불구하고 어렵게 썼다는 이유로 삭제하지 않으면 그 내용 때문에 주제를 제대로 도출할 수 없게 된다.

머리를 짜내 고생스럽게 썼더라도 전혀 아까워하지 말고 버려야 한다. 그럼 주제가 제대로 도출될 수 있다. 해당 부분을 삭제하고 다시 검토하면 새로운 글이 된 것 같은 느낌을 받는다.

상대방이 주제에서 벗어난 내용을 전달하면 "도대체 무슨 말을 하는 거지?", "왜 저런 말을 하지?"라고 반문하게 된다. 심지어 "도대체 뭘 말하려고 내게 저러는 거지?"라고 불쾌감을 보일 수도 있다. 주제에서 벗어난 메시지 구사 때문에 벌어진 일이다.

또한 '꽃이 아름다운 이유'라는 주제로 글을 썼을 때 주제의 근거로 '화사하다', '향기가 있다', '오래 안 간다', '나비가 있다'를 서술했다고 가정해보자. 여기서 '나비가 있다'는 적합한 근거가 되기 어렵다. '나비가 있다'는 엄밀히 말하면 꽃 자체보다 외부 요소에 해당한다. 결국 이 근거 때문에 글의 주제가 제대로 도출되지 못하게 된다. 이런 부분이 확인되면 과감히 삭제해야 주제를 제대로 도출할 수 있다.

내용상 또 다른 문제는 내용을 충실히 담아내지 못했기 때문이다. 글의 내용을 주제에 맞게 충실히 담아내야 한다. 그런데 주제 도출에 내용이 부족해도 주제를 제대로 도출할 수 없다. 이때는 주제에 맞는 내용을 추가 서술해야 한다.

마지막 점검할 부분은 표현이다. 표현이 잘못되면 주제에서 벗어난 글이 될 수 있다. '가족과 함께 떠나 실속 있게 즐길 수 있는 여행지'라는 글을 쓴다고 가정해보자. 여기서 주제는 '가족과 함께 떠나 실속 있게 즐길 수 있는'이다. 글의 내용을 전개하면서 염두에 둘 것은 가족과 함께 떠나 실속 있게 즐길 수 있는 부분이다. 그런데 내용을 전개하다가 "여인과 함께 떠나면 더없이 좋다"라는 표현을 썼다면 주제에서 벗어난 글이 된다. 이런 표현이 있다면 독자는 글을 읽다가 "이 글의 주제는 뭐지?"라고 의문을 갖게 된다. 주제가 제대로 도출되었는지 점검할 때는 이 부분도 잊지 말아야 한다.

내용이 제대로 담겼는지 확인하라

글의 구성이 제대로 갖추어졌다면 그 다음 중요한 것은 글의 내용이다. 글의 내용은 글의 구성이라는 틀 안에 담기지만 내용의 적합도에 따라 글의 평가가 달라진다. 일반적으로 글을 평가할 때는 글의 내용이 90%를 차지한다고 해도 과언이 아니다.

글의 구성은 기본적으로 갖추어져 있고 맞춤법이나 띄어쓰기는 기본적으로 해결할 부분이다. 이들에 대한 재단은 큰 비중을 차지하지 않는다. 물론 맞춤법이나 띄어쓰기에 문제가 있다면 글쓰기의 기본이 의심되고 나아가 글의 신뢰도에도 문제가 생긴다. 맞춤법이나 띄어쓰기는 기본적으로 해결할 문제다.

글의 내용에서 우선 확인할 것은 주제에 적합한 내용 여부다. 모든 글에는 주제가 있고 주제가 있다는 것은 그 주제에 적합한 내용을 담아야 한다는 말이다. 글의 주제에 부적합한 내용을 담으면 그 글은 문제가 있다. 글의 내용은 주제와 밀접한 관련이 있을수록 좋다. 내용이 제대로 담겼는지 여부는 주제에 필요한 내용이 담겼는지 여부와 같다. 그렇다면 주제에 필요한 내용은 무엇일까? 주제에 필요한 내용은 주제와 관련이 밀접할수록 반드시 필요한 내용이다.

물론 반대로 접근할 필요도 있다. 내용이 제대로 담겼는지 여부 문제는 반대로 내용에서 불필요한 것은 삭제해야 한다는 말과 같다. 전체 글을 보았을 때 일부 내용이 불필요하다면 과감히 버려야 한다. 글에 불필요한 내용이 담기면 주제에서 벗어나게 된다. 다른 내용을 잘 담았더라도 일부가 문제가 되면 글 전체가 문제가 된다. 글의 내용에서는 사소한 부분이라도 주제와 관련 없다면 과감히 버리는 것이 상책이다.

우리 주변에 수많은 친구들이 있고 좋은 일에 그들을 초대한다고 가정해보자. 이때 모든 친구를 초대해도 상관없다. 하지만 특별한 축하를 받고 싶어 친구를 초대한다면 친한 친구일수록 모임은 화기애애해진다. 평소 가까이 지내지 않는 친구들을 초대하면 모임 자체가 서먹해진다. 모임 성격에 맞는 친구 초대가 즐거운 모임을 만든다. 글쓰기도 주제에 따라 주제에 적합한 내용을 담아야 한다. 주제에 부적합하거나 관련 없는 내용을 담으면 그 글은 맹탕이 되고 만다.

글을 쓰다보면 나름대로 고민해가며 내용을 담아냈기 때문에 아무 내용도 버리고 싶지 않다. 내용을 버리려니 아까운 것이다. 하지만 과감히 버려야 한다. 그대로 두면 그 내용 때문에 글 자체가 문제가 된다. 버려야 할 내용을 안 버리면 누더기 글이 되고 만다. 이것저것 모아 놓은 꼴이 된다. 그럼 글의 주제가 무엇인지 왜 글을 썼는지 알 수 없게 된다. 버려야 할 내용을 어딘가 활용하겠다는 생각은 버려야 한다. 미련을 갖기보다 불필요하다고 생각되면 즉시 삭제해야 한다.

'계륵'이라는 말이 있다. 버리자니 아깝고 쓰자니 마땅히 쓸모없는 것이다. 글쓰기를 할 때는 과감히 버리는 것이 상책이고 그것이 훌륭한 글 생산의 지름길임을 명심해야 한다. 글을 쓰다보면 일반적으로 많은 분량을 담게 된다. 글 분량을 줄여야 한다면 어떻게 해서든 줄여야 한다. 글의 내용 중 주제와 관련 없거나 불필요하다면 삭제해야 한다. 해당 부분을 삭제하고 전체 글을 보면 뭔가 통일적이고 주제를 함축적으로 도출한 느낌이 들게 된다.

글의 내용을 삭제할 때도 똑같은 방식을 써야 한다. 분량을 줄이라면 과감히 줄일 수밖에 없지만 글의 내용 중 불필요한 부분을 버리라면 아깝고 "이 정도면 괜찮아."라고 자위하게 된다. 내용을 고칠 때는 절대로 그러면 안 된다. 한 편의 글을 완성하면 대부분 쉽게 도취된다. 버릴 내용과 고칠 표현은 아무 것도 없다고 생각하게 된다.

하지만 전문가가 보면 많은 문제점이 있다. 주제 도출에 반드시 필요한 내용과 불필요한 내용을 정확히 파악하고 불필요한 내용은 과감히 버려야 한다. 불필요한 내용인데도 버리기 아까워 놔두거나 다른 데로 옮기는 것은 전혀 바람직하지 않다. 해당 내용을 쓰기 위해 나름대로 노력한 아쉬움 때문에 망설이면 그 내용 때문에 주제에서 벗어난 글이 되고 만다.

글의 내용 중 확인할 것은 불필요한 부분 여부다. 글을 쓰고나면 내용이 미흡하거나 주제를 제대로 도출하지 못한 경우가 많다. 이때는 내용을 보완해야 한다. 글의 내용을 무조건 추가하는 것은 곤란하다. 글 분량이 정해져 있다면 그에 맞추어 써야 한다. 하지만 글 분량이 부족하다면 내용 추가는 당연하다.

내용을 추가할 때 주제에 적합한 내용인지 파악해야 한다. 주제에 부적합한 내용을 담으면 또 다른 문제를 만든다. 주제에 적합한지 여부의 판단은 자신이 알아서 해야 하지만 제3자가 읽었을 때 해당 내용이 설득력 있는지 판단하면 어느 정도 해결된다. 그리고 이때 적당한 분량의 내용을 추가해야 한다. 물론 글 분량이 적당하면 굳이 내용을 추가할 필요는 없다. 어쨌든 중요한 것은 반드시 필요한 내용이라고 판단되면 추가하고 그렇지 않으면 추가하지 않는다는 것이다.

글쓰기의 기본을 점검하라

글쓰기의 기본에는 여러 가지가 요구된다. 글쓰기 할 때 명료한 메시지 표현은 기본이다. 하지만 막상 글을 쓰다보면 표현을 명료하게 못할 때가 있다. 글을 쓸 때 나름대로 명료한 표현이라고 생각했지만 막상 써놓고 보면 표현상 문제가 있을 수 있다. 이때는 명료한 표현으로 고쳐야 한다.

또한 과장된 표현이 없는지도 확인해야 한다. 표현이 과장되면 메시지의 신뢰성에 흠이 된다. 주변에 과장된 표현을 하는 사람이 있다면 그의 메시지는 절반밖에 신뢰받지 못한다. 심지어 전혀 신뢰받지 못한다. 표현이 과장되면 내용이 부풀고 메시지는 허공을 맴돈다. 무슨 일을 하더라도 차분하고 겸손한 태도가 중요하다. 겸손한 메시지 표현이 훌륭한 글쓰기의 토대가 된다. 물론 기본적으로 단어의 의미, 문장 서술 방식, 문장 성분의 호응 관계도 정확히 알아야 한다.

하지만 글쓰기에서 가장 기본은 맞춤법과 띄어쓰기다. 맞춤법과 띄어쓰기는 글쓰기의 기본 중 기본이다. 맞춤법과 띄어쓰기는 엄격히 지켜져야 하는데도 오늘날 글쓰기에서는 별로 신경 쓰지 않는다.

오늘날 글쓰기는 과거의 글쓰기와 많이 다르다. 과거에는 긴 메시지의 글이 일반적이고 하나의 완결된 글이 대부분이었다. 그런데 최근 SNS의 발달 덕분에 간단한 문자로 한두 문장의 글쓰기가 일상화되었다. 그리고 전자 글쓰기 때문에 맞춤법과 띄어쓰기를 무시하는 경향이다. 특히 스마트 폰 버튼을 잘못 눌러 맞춤법을 틀릴 때가 많다. 그렇다보니 맞춤법이나 띄어쓰기는 글쓰기 할 때 신경 쓰지 않아도 된다고 생각하는 경향이다. 하지만 SNS 글이든 일반 글이든 맞춤법과 띄어쓰기는 기본적으로 요구된다.

맞춤법과 띄어쓰기는 우리말 표기 규칙이다. 맞춤법과 띄어쓰기는 글쓰기에서 반드시 지켜야 한다. 아무리 사소한 글도 맞춤법과 띄어쓰기가 틀리면 글쓰기 기본 실력을 의심받고 내용 자체에도 신뢰감을 떨어뜨린다. 현재 맞춤법은 워드작업을 할 때 어느 정도 체크된다. 하지만 워드상 체크는 100% 완벽하지 않다.

맞춤법 준수는 저자가 알아서 해야 한다. 맞춤법 확인은 사전을 이용하는 것이 좋다. 사전은 모든 표현에 대한 정확한 맞춤법을 제시한다. 사전의 맞춤법이 틀린 것은 있을 수 없는 일이다. 일반적으로 글을 쓸 때 맞춤법은 별로 신경 쓰지 않는 경향이다.

하지만 맞춤법은 글쓰기의 기본 중 기본이다. 일부는 글을 평가할 때 내용보다 맞춤법이나 띄어쓰기를 꼼꼼히 살펴보는 경우도 있다. 맞춤법이 틀렸다면 글쓰기 자체는 물론 언어능력에도 문제가 있다고 생각하게 된다. 무엇보다 맞춤법이 글쓰기의 가장 기본이라는 사실을 전제한다고 할 수 있다.

가끔 연예인들이 TV방송 프로그램에 출연해 문제 답안을 적을 때 맞춤법이 틀릴 때가 있다. 이때 시청자들은 해당 연예인의 국어 실력을 크게 문제 삼는다. 그만큼 맞춤법은 글쓰기에서 기본적으로 챙겨야 한다는 의미다.

맞춤법이 틀리면 국어 실력을 의심받는다. 외국어도 아닌 우리말 맞춤법이 틀리면 글쓰기의 기본이 안 되어 있다는 의미다. 물론 우리말 맞춤법을 모두 정확히 알고 있으면 문제가 없지만 그런 사람은 드물다. 우리말 맞춤법을 모두 정확히 알고 있다면 다행이 지만 그렇지 않다면 글쓰기 할 때 사전을 찾아 확인하면 된다. 그 리고 인터넷 포털 사이트 사전이나 국립국어원 사이트를 이용하 면 올바른 맞춤법을 확인할 수 있다. 띄어쓰기도 같은 맥락에서 접근하는 것이 좋다.

우리말 띄어쓰기는 간단치 않다. 국어학자들도 우리말 띄어쓰 기를 어려워한다. 띄어쓰기 여부가 헷갈릴 때가 많지만 띄어쓰기 원칙은 한 단어 여부를 판단하면 어느 정도 해결된다. 모든 단어 는 띄어쓰기가 원칙이지만 단어인데도 띄어 쓸 수 없는 것이 조 사다. 조사는 문장에서 독립적인 기능을 할 수 없으므로 띄어 쓸 수 없다. 문장을 쓰다보면 주어와 목적어에는 반드시 조사가 붙는 다. 이때 조사를 띄지 않는다.

"나는 멋진 세상을 꿈꾼다."라는 문장에서 '는'과 '을'이 조사다. 조사는 독립적인 기능을 할 수 없으므로 띄면 안 된다. 물론 명 사 중 불완전명사는 띄어 쓴다. '것', '만큼', '대로', '데' 등이 해당 된다. 이때 앞단어의 받침은 주로 'ㄴ', 'ㄹ'로 끝난다. 띄어쓰기를 정확히 모르면 국립국어원 사이트나 포털 사전을 이용하면 어느 정도 해결된다.

또한 글쓰기에서 오자와 탈자도 신경 써야 한다. 오자와 탈자 는 글쓴이가 조금만 신경 쓰면 쉽게 해결된다. 글을 고칠 때 오자 와 탈자를 반드시 확인해야 한다. 어떤 제품이든 완벽한 것이 좋 다. 고가 사치품은 바느질 한 땀 한 땀 정성껏 수놓는다는 말이 있다. 훌륭한 글쓰기도 맞춤법은 물론 띄어쓰기가 정확하고 오자와 탈자가 없어야 한다는 것을 명심해야 한다.

맞춤법과 띄어쓰기는 명품 가방을 만드는 것과 같다. 글쓰기에서도 맞춤법과 띄어쓰기를 제대로 해야 명품이 될 수 있다. 맞춤법과 띄어쓰기에 문제가 있으면 내용이 아무리 훌륭해도 문제의 글이 되고 만다.

● ● ● 점검 방법

글쓰기가 끝나면 기본적으로 글 수정이나 다듬기를 해야 한다. 글을 한 번에 완벽히 썼다면 굳이 수정하거나 다듬을 필요는 없다. 하지만 글을 한 번에 완벽히 쓰는 경우는 거의 없다. 아무리 글쓰기에 능한 전문가도 글 수정은 기본적으로 한다. 글을 수정할 때는 한 번에 끝내거나 여러 번 작업을 거친다. 이때 개인차가 있지만 점검 방법을 잘 선택해야 한다.

소리 내어 읽는다

어떤 사물이든 눈으로 파악하는 것과 직접 만져보는 것은 적지 않은 차이가 있다. 글도 눈으로 읽는 것과 소리 내어 읽는 것은 차이를 드러낸다. 눈으로 읽으면 그다지 잘못된 부분이 없는 것 같지만 소리 내어 읽어보면 잘못된 부분을 적지 않게 발견한다.

글을 소리 내어 읽으면 우선 시각은 물론 청각이 동시에 작용하게 되고, 시각적으로 파악하지 못한 것을 청각적으로 파악할 수 있다. 그리고 글을 읽는 속도도 눈으로만 했을 때보다 소리 내어 했을 때가 더 느리다. 그러다 보니 눈으로 읽었을 때 체크하지 못한 부분을 찾아낼 수 있다.

글을 소리 내어 읽을 때는 여러 번 해도 상관없지만 한 번이라도 제대로 하는 것이 중요하다. 여러 번 소리 내어 읽으면서 잘못된 부분을 확인하려면 시간적인 여유를 두고 하는 것이 바람직하다. 시간적 여유를 두지 않고 한 번에 여러 번 읽게 되면 글에 매몰되고 그러다보면 어느 부분이 잘못되었는지 파악하지 못하게 된다.

그리고 웅변 원고가 아니라면 여러 번 소리 내어 읽을 필요는 없다. 한 번 차근차근 소리 내어 읽어보면 잘못된 부분을 알 수 있다. 잘못된 부분이 확인되면 읽기가 끝나자마자 수정하는 것이 바람직하다.

세 번 이상 검토한다

글을 수정할 때는 적어도 세 번 이상 검토하는 것이 이상적이다. 글을 완성한 다음 세 번 정도 읽고 틀린 부분을 체크하는 것이 바람직하다는 의미다. 물론 세 번 검토할 때 시간적인 틈을 두어야 한다. 그래야 어느 부분에 문제가 있는지 알 수 있고 꼼꼼히 확인할 수 있다. 시간적인 틈은 사정에 따라 다르지만 충분히 생각할 시간적 여유를 두는 것이 좋다.

오늘 밤 글을 완성했다면 다음날 출근하면서 한 번 검토하고 오후에 또 한 번 검토하고 그날 밤 자기 전 한 번 더 검토하는 것이 바람직하다. 그렇게 해야 틀린 부분을 알 수 있다. 글을 완성하자마자 동시에 연달아 세 번 검토하는 것은 금물이다.

글을 완성한 다음 시간적인 틈을 안 두고 연달아 세 번 검토하면 틀린 부분을 찾아내기 어렵다. 자신의 글에 함몰되어 어느 부분도 수정할 필요가 없다고 생각하게 된다. 그리고 자신의 글이 세상에서 가장 이상적이고 완벽하다고 오판하게 된다.

실용 글쓰기 정석

Part 6

어떻게
글을 마무리
할 것인가

" 마무리 단계는 한 편의 글이 출간되어도 되는지 판단하는 과정이다. 글의 내용이나 표현에 대한 전반적인 점검이 끝나면 한 편의 글이 완성되었다고 볼 수 있다. 글을 남들에게 보여줘도 손색없고 글의 내용에 책임질 수 있는지 확인하는 과정이다. 자신의 손에서 벗어나도 손색없는지 판단해보는 단계라고 할 수 있다. "

남에게 보여줘도 손색없는지 검토하라

글쓰기는 개인차가 있다. 사람에 따라 쉽거나 어려울 수 있다. 일반적으로 글쓰기는 개인을 위한 것으로 생각하는 경향이 있다. 글쓰기는 자신이 원하는 대로 하면 된다고 많이 생각한다. 물론 글쓰기는 개인 체험이나 경험 기록을 위해 할 수도 있지만 공개적으로 노출하는 경우가 더 많다.

글쓰기는 행위적인 면에서 보면 두 가지 유형으로 나눌 수 있다. 자신을 위한 행위이거나 남들에게 뭔가 전달하기 위한 행위다. 자신을 위한 행위라면 개인 기록이 목적이 된다. 여기에는 기본적으로 순수한 목적이 깔려 있으며 자신의 삶에 대한 회고나 반성이 목적이다. 뭔가 남에게 전하기보다 자신의 성찰과 기록이 핵심 목적이 된다.

"호랑이는 죽어서 가죽을 남기고 사람은 죽어서 이름을 남긴다."라는 말이 있다. 물론 자신의 이름을 남기기 위한 면도 어느 정도 있다. 그 대표적인 글이 일기와 자서전이다. 이 글들은 자신의 체험이나 삶을 기록하는 목적이 강하다. 물론 일부에서는 공개하기도 하지만 일반적으로 개인 삶에 대한 성찰이나 회고를 목적으로 행해진다고 할 수 있다.

뭔가 남에게 전달하려는 목적으로 행해지는 글쓰기는 자신만의 소유를 목적으로 하지 않는 이상, 거의 모든 글쓰기가 해당된다. 글쓰기는 의사소통 수단이고 의사소통은 상대방과의 의견을 나누거나 공유하는 것이다. 일반적인 글쓰기는 대부분 남에게 뭔가 전달하기 위해 행해진다고 봐야 한다. 거기에는 정보를 전달하거나 설득하거나 즐거움을 제공하는 목적이 기본적으로 깔려 있다. 남이 글을 읽고 정보를 얻거나 설득 당하거나 즐거움을 얻는다고 할 수 있다.

자신만의 소유나 기록을 위한 글이 아니라면 남에게 보여주는 것은 기본이다. 남에게 보여준다는 것은 자신의 글을 노출시킨다는 의미이고 일반인들이 접하는 공개된 글이라고 할 수 있다. 그렇다면 일반적인 글쓰기는 어떻게 접근해야 할까? 어떤 글을 쓰든지 공개가 전제되어야 한다.

나만의 글이 아닌 주변사람과 소통을 위한 글이라고 생각해야 한다. 어쩌면 시중에 출시되는 제품과 같다. 자신이 만든 물건이 자신만을 위한 것과 상품으로 출시하기 위한 것은 큰 차이가 있다. 자신만을 위할 때는 대충 만들어도 불편만 없으면 된다.

하지만 하나의 상품으로 출시하려면 아무 손색없이 완벽해야 한다. 일부라도 흠이나 결함이 있으면 출시할 수 없다. 물론 자신이 쓴 글이 남에게 팔려나간다는 의미는 아니다. 일부 글은 미디어에 게재되면 원고료를 받기도 한다. 하지만 원고료를 받지 않더라도 완벽을 기하는 것이 좋다.

글은 얼굴과 같다. 글에 따라 사람에 대한 평가가 달라진다. 외모가 아무리 뛰어나도 말이 어눌하거나 세련미가 없으면 안 좋은 평가를 받게 된다. 일부에서는 외모 값을 못한다는 말도 서슴지 않는다. 자신의 얼굴에 얼룩이나 작은 티라도 있으면 남들 앞에 선뜻 나서지 못한다. 나름대로 완벽해야 부담 없이 얼굴을 내민다.

글은 자신의 지식이나 평소 생각을 그대로 담는다. 어떤 내용을 어떻게 전개하고 표현하는지에 따라 글의 평가는 물론 글쓴이에 대한 평가도 달라진다. 글쓰기를 할 때 명품을 만들지 못하더라도 남들이 관심 갖고 접근할 만한 완성품은 되어야 한다. 물론 명품이면 더 좋다. 명품은 말로만 명품이 아니다. 명품은 나름대로 가치가 있다.

명품은 바느질 한 땀 한 땀 정성이 담기고 아무 결함 없이 완벽해야 한다. 글쓰기도 마찬가지다. 글쓰기도 완벽을 기해야 한다. 내용은 물론 구성과 표현에도 손색이 없어야 한다. 글이 남들에게 전달되더라도 손색없는지 의심해봐야 한다.

물론 남들에게 보여주기 위해 쓴다는 이유만으로 손색없어야 한다는 것은 다소 어폐가 있다. 하지만 글은 하나의 완결된 메시지이고 거기에는 담으려는 내용이 담겨 있을 수밖에 없다. 지금 당장은 아니더라도 언젠가 누군가 접근해 읽을 가능성이 높다. 그렇다면 완벽하고 손색없는 글이 되어야 한다. 글쓰기를 마무리한 다음에도 남들에게 공개해도 손색없는지 한 번쯤 판단하고 마무리하는 것이 좋다.

남의 글은 반드시 출처를 밝혀라

오늘날 표절 문제는 사회적으로 매우 중시한다. 과거에는 남의 글을 베끼더라도 별 문제가 없었다. 한국적 사고의 지식 공유가 당연하다는 입장도 이유지만 표절이 심각한 문제라는 인식도 없었기 때문이다. 하지만 지금은 표절하면 큰 사회적 파장을 일으키고 심지어 사회적 지탄을 받고 사회에서 생매장되기도 한다.

일부에서는 자신이 쓴 글이라지만 자기 생각이나 주장이 아닌 남의 생각이나 주장을 그대로 가져와 쓰는 경우도 적잖다. 그리고 남의 문장을 아무 생각 없이 마구 가져와 쓰는 경우도 흔하다. 남의 주장이나 문장을 그대로 가져와 썼는데도 "별 문제 없겠지.", "뭐, 그렇게 쓸 수 있지."라고 생각하는 경우도 있다. 절대로 있을 수 없는 경우다.

글을 쓰다보면 자신의 생각과 의견만으로 담아낼 수는 없다.

내용을 충실히 하거나 주장을 보완하려면 남의 글을 참고하고 필요하면 인용하는 것이 기본이다. 자신의 생각만으로 글을 쓸 수 없고 하나의 현상이나 사실에 대한 남의 생각이나 의견이 어떻게 다르거나 같은지 살펴봐야 한다. 하지만 남의 생각이나 의견을 참고할 수는 있지만 그의 생각이나 의견이 담긴 글을 그대로 가져오는 것은 곤란하다.

물론 타인의 생각이나 의견이 자신의 생각이나 의견과 같을 때도 있다. 이때는 자신의 생각이나 의견을 자신의 논지로 펼치면 된다. 하지만 남의 생각이나 의견을 그대로 가져와 쓰는 것은 '지식 절도행위'다. 흔히 말하는 표절이다. 표절이란 남의 글을 무단 사용하는 것이다. 다시 말해 남의 것을 함부로 가져와 쓰는 행위다. 남의 물건을 훔치면 절도가 되고 절도하면 당연히 구속된다. 표절도 남의 지식을 훔치는 행위이고 당연히 책임져야 한다.

물론 오늘날 표절 기준에 대한 논란이 있다. 남의 글을 베끼더라도 얼마나 어떻게 베껴야 표절인지에 대한 부분이다. 일반적으로 남의 글과 같은 단어가 6개 이상 나열되면 표절이다. 한 문장을 전개할 때 6개 단어가 남의 문장과 겹치면 표절이다. 하지만 한 문장이 6개가 안 되는 경우도 있다. 이때도 남의 문장을 그대로 베끼면 표절이 된다.

"침대는 과학이다"라는 문장을 예로 들어보자. 이 문장은 두 단어다. 하지만 그대로 사용하면 표절이 된다. 글쓰기 할 때는 절대로 표절하면 안 된다. 글쓰기 할 때 남의 주장이나 의견을 가져올 수 있다. 이때는 반드시 그 출처를 밝혀야 한다. 인용 출처를 밝히지 않으면 표절이 된다.

표절은 일반적인 글을 쓸 때는 별로 엄격한 적용을 받지 않지만 학술적인 글을 쓸 때는 반드시 신경 써야 한다. 학술적인 글은 학문 연구의 결과를 담는 글이며 다른 연구자의 의견이나 생각을 근거로 삼는 것이 일반적이다. 이때 반드시 출처를 밝혀야 한다. 그렇지 않으면 표절이 된다.

과거 논문의 경우, 외국 논문을 그대로 번역해 자기 글인 것처럼 발표하는 경우가 가끔 있었다. 그것은 연구자에게 치명적이다. 남의 지식을 훔쳐 자기 것으로 만드는 절도행위다.

현재 우리 사회는 정치인부터 학자까지 표절 문제로 곤욕을 치른 사람이 적잖다. 일부 정치인이 남의 글을 베껴 정치인 생명이 끝나거나 장관 후보자가 표절 문제 때문에 낙마한 경우는 많다. 남의 지식을 함부로 절도한 데서 비롯된다. 표절하지 않으려면 남의 의견이나 주장은 반드시 그 출처를 밝혀야 한다는 사실을 명심해야 한다.

● ● ● 표절의 유형

남의 글 일부 또는 전체를 가져와 쓴 경우

자신의 글을 쓰지 않고 남의 글을 그대로 가져와 쓰는 행위다.

글쓰기는 자기 것이어야 하는데도 남의 글을 가져오는 것은 바람직하지 않다. 남의 글 일부나 전체를 가져오는 것은 남의 글이 완벽하다고 인식하기 때문에 비롯된다.

글을 쓰다보면 잘 진행되지 않고 그러다보면 남의 글을 보게 된다. 남의 글을 보면 완벽하고 잘못된 부분이 없다고 생각하게 된다. 이때 자신의 글쓰기를 포기하고 남의 글을 무단으로 가져와 사용하게 된다. 이것은 엄연한 표절이다. 자기 것을 생산하지 않고 남이 생산해놓은 것을 훔치는 것과 같다. 한마디로 '지식 절도행위'다.

여러 사람의 글을 가져와 짜깁기한 경우

여러 사람의 글을 가져와 짜깁기한 것은 교묘한 '지식 절도행위'다. 여러 사람의 글을 짜깁기하는 것은 한 명의 글을 그대로 가져와 쉽게 발각되는 허점을 덮을 수 있다는 생각에서 행해진다. 이때 여러 사람의 글을 활용하므로 표절 여부를 쉽게 파악할 수 없다는 전제로 이루어진다.

여러 사람의 글을 가져와 짜깁기하는 것은 글의 일부를 가져와 자신의 표현이나 글로 위장하는 행위로 절대로 하면 안 된다. 어쩌면 여러 사람의 글을 가져와 짜깁기하는 시간에 자신의 글을 쓰는 것이 더 효율적이다. 여러 사람의 글을 가져오는 것은 남들의 글이 완벽하다는 판단 때문이다. 하지만 글쓰기는 자기 힘으로 생산해야 한다. 그리고 남의 글이 완벽하다고 생각하면 안 된다. 자신의 노력으로 남들보다 더 훌륭한 글을 생산할 수 있다는 마음을 가져야 한다.

남의 아이디어를 가져와 쓴 경우

남의 아이디어를 가져오는 경우는 흔치 않다. 그리고 남의 아이디어 여부를 판단하기도 쉽지 않다. 여기에는 무엇보다 양심 문제가 작용한다. 자신의 아이디어가 아닌 남의 아이디어를 사용할 때도 사전 동의를 구하든지 자신의 아이디어가 아님을 반드시 밝혀야 한다.

글쓰기에서 남의 아이디어 사용은 연구 수행에서 빚어진다. 연구 목적으로 모임을 갖거나 학회에서 남이 제공한 아이디어를 자기 아이디어인 것처럼 사용하는 경우다.

남의 표와 그림을 가져와 쓴 경우

표절은 남의 글을 가져와 쓰는 경우에만 해당하지 않는다. 남의 표나 그림을 가져와 쓴 경우도 해당한다. 글을 쓰다보면 표나 그림을 사용하는 경우가 적잖다. 이때 자신이 직접 만들거나 그리지 않았다면 가져와 사용하면 안 된다. 남의 표나 그림은 그의 지적 노력이 투여된 결과물이다. 나름대로 지식을 녹여 만들어낸 생산물이다. 이것도 함부로 가져와 사용하면 안 된다. 남의 표나 그림이 필요하다면 반드시 출처를 밝혀야 표절이 안 된다.

책임질 수 있는 글인지 확인하라

● ● ●

글쓰기는 자신의 메시지를 담아내는 작업이다. 자신의 체험이나 생각, 의견, 정보를 전달하려는 목적이 기본적으로 깔려 있다. 자신의 메시지를 담아내려면 당연히 자기 것이어야 한다. 하지만 글을 쓰다보면 자신의 체험이나 의견이 아닌 남의 것을 담아내는 경우가 가끔 있다. 자신이 직접 체험하지 않았는데도 마치 직접 체험한 것처럼 글을 쓰면 큰 문제가 생긴다. 자신이 직접 체험하지 않은 것을 마치 체험한 것처럼 글을 쓰는 것은 독자에 대한 사기행위다.

그런데 모든 책임은 당연히 글쓴이가 져야 한다. 자신의 글에 대해 변명하거나 용서를 구해도 소용없다. 이미 늦다. 주변에서 인터넷에 올린 글이 문제가 되어 공직에서 물러나거나 사회활동의 제약을 받는 경우도 적잖다.

그러므로 글쓰기가 끝나면 자신이 책임질 수 있는 내용을 담고 있는지 한 번쯤 반문해야 한다. 자신이 쓴 글이더라도 남의 주장을 그대로 가져와 마치 자기 글인 것처럼 포장하거나 남이 쓴 내용을 그대로 가져오는 경우도 있다. 언젠가 문제가 될 수 있다.

지금은 인터넷이 발달한 사회다. 과거의 글이든 현재 쓴 글이든 언제든지 노출될 가능성이 있다. 글에 문제가 있으면 언젠가 글 때문에 피해를 입을 가능성이 있다. 어떤 행동을 하든지 책임진다는 자세로 임해야 한다. 일을 서둘러 끝내야 한다는 강박관념에 시달려 어설프게 마무리한다면 나중에 반드시 문제가 된다.

글쓰기 할 때는 처음부터 책임지고 쓰겠다는 마음가짐이 중요하다. "처음 대충 쓰고 나중에 고치면 되겠지."라는 생각으로 접근한다면 글 검토 과정의 문제점과 잘못 담긴 부분을 잊기 쉽다. 특히 많은 분량의 글을 쓸 때 이런 경우가 많이 생긴다. 글쓰기를 시작할 때 완벽을 기하겠다는 자세로 임해야 한다.

말과 달리 글은 오래 남는다. 글쓰기가 말하기보다 신중을 기해야 하는 이유도 여기 있다. 말하기는 1회성으로 끝나는 경향이 강하다. 말하기에서 잘못된 부분이 있으면 어느 정도 즉시 해결할 수 있다. 하지만 글쓰기는 잘못된 부분이 수정되지 않는다.

오늘날 적잖은 인터넷 댓글이 달린다. 인터넷 댓글은 과거 미디어가 정보를 일방적으로 전달하는 경향에서 벗어나 쌍방향 소통을 가능케 한다. 인터넷에 기사 하나가 오르면 수많은 댓글이 달린다. 그 중에는 좋은 댓글도 있고 나쁜 댓글도 있다. 일부 댓글은 입에 담지 못할 욕설이나 폭언도 있다. 비방 상대가 안 보인다는 이유로 생각나는 대로 마구 댓글을 단다. 하지만 댓글을 함부로 다는 것은 금물이다. 언젠가 자신에게 비수로 돌아올 수 있다. 순간적인 화풀이로 단 댓글이 훗날 자신에게 화살로 돌아올 수 있다. 일반적인 글쓰기도 신중을 기하는 것이 바람직하다. 언론 기사도 마찬가지다. 기자가 쓴 기사가 문제가 되면 언론사는 책임지지 않는다. 기자가 모든 책임을 져야 한다.

TV드라마에서도 가끔 설정된다. 드라마 속 주인공이 언론사 담당부서 데스크에 의해 연예인 스캔들을 취재해 기사를 작성하라고 주문한다. 주인공은 특종거리가 될 수 있다고 판단해 취재하게 된다. 그런데 훗날 그 기사가 문제가 되면 기사를 쓴 당사자는 퇴출당한다. 이것은 드라마 속 설정이지만 현실세계도 똑같다. 기사가 문제가 되면 기사를 쓴 기자가 모든 책임을 져야 한다. 달리 말해 기사는 기자가 모든 책임을 진다는 전제로 작성된 것이다.

일반 글쓰기도 마찬가지다. 글의 내용은 글쓴이가 생산한 내용물이다. 그 모든 내용물은 글쓴이가 책임져야 한다. 글의 내용이 문제가 되어도 나중에 해결하면 된다는 생각은 금물이다. 생산된 글은 다시 수정될 수 없다. 한 번 쓴 글은 그 자체로 하나의 완성된 글이다. 내용상 문제가 있어도 수정할 수 없다.

글쓰기는 훈련으로 연마된다. 글쓰기를 잘하려면 우선 총체적인 인지활동이 바탕이 되어야 하지만 자신감도 중요하다. 글쓰기를 두려워하지 말고 '나도 잘할 수 있다'라는 마음가짐으로 임해야 한다.

실용 글쓰기 정석

진성북스
도서목록

사람이 가진 무한한 잠재력을 키워가는 **진성북스**는
지혜로운 삶에 나침반이 되는 양서를 만듭니다.

앞서 가는 사람들의 두뇌 습관
스마트 싱킹
아트 마크먼 지음 | 박상진 옮김
352쪽 | 값 17,000원

숨어 있던 창의성의 비밀을 밝힌다!
인간의 마음이 어떻게 작동하는지 설명하고, 스마트해지는데
필요한 완벽한 종류의 연습을 하도록 도와준다. 고품질 지식
의 습득과 문제 해결을 위해 생각의 원리를 제시하는 인지 심
리학의 결정판이다! 고등학생이든, 과학자든, 미래의 비즈니
스 리더든, 또는 회사의 CEO든 스마트 싱킹을 하고자 하는
누구에게나 이 책은 유용하리라 생각한다.

● 조선일보 등 주요 15개 언론사의 추천
● KBS TV, CBS방영 및 추천

나의 잠재력을 찾는 생각의 비밀코드
지혜의 심리학 2017 최신 증보판
김경일 지음
352쪽 | 값 16,500원

창의적으로 행복에 이르는 길!
인간의 타고난 심리적 특성을 이해하고, 생각을 현실에서 실
행 하도록 이끌어주는 동기에 대한 통찰을 통해 행복한 삶을
사는 지혜를 명쾌하게 설명한 책. 지혜의 심리학을 선택한 순
간, 미래의 밝고 행복한 모습은 이미 우리 안에 다가와 가뿐
히 자리잡고 있을 것이다. 수많은 자기계발서를 읽고도 성장
의 목표를 이루지 못한 사람들의 필독서!

● OtvN 〈어쩌다 어른〉 특강 출연
● KBS 1TV 아침마당〈목요특강〉 "지혜의 심리학" 특강 출연
● YTN사이언스 〈과학, 책을 만나다〉 "지혜의 심리학" 특강 출연
● 2014년 중국 수출 계약 | 포스코 CEO 추천 도서

세계 초일류 기업이 벤치마킹한 성공전략 5단계
승리의 경영전략
AG 래플리, 로저마틴 지음 | 김주권, 박광태, 박상
진 옮김
352쪽 | 값 18,500원

전략경영의 살아있는 메뉴얼
가장 유명한 경영 사상가 두 사람이 전략이란 무엇을 위한 것
이고, 어떻게 생각해야 하며, 왜 필요하고, 어떻게 실천해야
할지 구체적으로 설명한다. 이들은 100년 동안 세계 기업회생
역사에서 가장 성공적이라고 평가 받고 있을 뿐 아니라, 직접
성취한P&G의 사례를 들어 전략의 핵심을 강조하고 있다.

● 경영대가 50인(Thinkers 50)이 선정한 2014 최고의 책
● 탁월한 경영자와 최고의 경영 사상가의 역작
● 월스트리스 저널 베스트 셀러

백만장자 아버지의 마지막 가르침
인생의 고난에 고개 숙이지 마라
마크 피셔 지음 | 박성관 옮김 | 307쪽 | 값
13,000원

아버지와 아들의 짧지만 아주 특별한 시간
눈에 잡힐 듯 선명한 성공 가이드와 따뜻한 인생의 멘토가 되
기 위해 백만장자 신드롬을 불러 일으켰던 성공 전도사 마크
피셔가 돌아왔다. 실의에 빠진 모든 이들을 포근하게 감싸주
는 허그 멘토링! 인생의 고난을 헤쳐가며 각박하게 살고 있는
청춘들에게 진정한 성공이 무엇인지, 또 어떻게 하면 그 성공
에 도달할 수 있는지 감동적인 이야기를 통해 들려준다.

● 중앙일보, 동아일보, 한국경제 추천 도서
● 백만장자 시리즈의 완결판

감성의 시대, 왜 다시 이성인가?
이성예찬
마이클 린치 지음 | 최훈 옮김
323쪽 | 값 14,000원

세계적인 철학 교수의 명강의
증거와 모순되는 신념을 왜 믿어서는 안 되는가? 현대의 문
학적, 정치적 지형에서 욕설, 술수, 위협이 더 효과적인데도
왜 합리적인 설명을 하려고 애써야 하는가? 마이클 린치의
'이성예찬'은 이성에 대한 회의론이 이렇게 널리 받아들여지
는 시대에 오히려 이성과 합리성을 열정적으로 옹호한다.

● 서울대학교, 연세대학교 저자 특별 초청강연
● 조선, 중앙, 동아일보, 매일경제, 한국경제 등 특별 인터뷰

"이 검사를 꼭 받아야 합니까?"
과잉진단
길버트 웰치 지음 | 홍영준 옮김
391쪽 | 값 17,000원

병원에 가기 전 꼭 알아야 할 의학 지식!
과잉진단이라는 말은 아무도 원하지 않는다. 이는 걱정과 과
잉진료의 전조일 뿐 개인에게 아무 혜택도 없다. 하버드대 출
신의사인 저자는, 의사들의 진단욕심에 비롯된 과잉진단의
문제점과 과잉진단의 합리적인 이유를 함께 제시함으로써 질
병예방의 올바른 패러다임을 전해준다.

● 한국출판문화산업 진흥원 「이달의 책」 선정도서
● 조선일보, 중앙일보, 동아일보 등 주요 언론사 추천

새로운 시대는 逆(역)으로 시작하라!
콘트래리언

이신영 지음 | 408쪽 | 값 17,000원

위기극복의 핵심은 역발상에서 나온다!
세계적 거장들의 삶과 경영을 구체적이고 내밀하게 들여다본 저자는 그들의 성공핵심은 많은 사람들이 옳다고 추구하는 흐름에 '거꾸로' 갔다는 데 있음을 발견했다. 모두가 실패를 두려워할 때 도전할 줄 알았고, 모두가 아니라고 말하는 아이디어를 성공적인 아이디어로 발전시켰으며 최근 15년간 3대 악재라 불린 위기 속에서 기회를 찾고 성공을 거뒀다.

● 한국출판문화산업 진흥원 '이달의 책' 선정도서
● KBS1 라디오 〈오한진 이정민의 황금사과〉 방송

백 마디 불통의 말, 한 마디 소통의 말
당신은 어떤 말을 하고 있나요?

김종영 지음 | 248쪽 | 값 13,500원

리더십의 핵심은 소통능력이다. 소통을 체계적으로 연구하는 학문이 바로 수사학이다. 이 책은 우선 사람을 움직이는 힘, 수사학을 집중 조명한다. 그리고 소통의 능력을 필요로 하는 우리 사회의 리더들에게 꼭 필요한 수사적 리더십의 원리를 제공한다. 더 나아가서 수사학의 원리를 실제 생활에 어떻게 적용할 수 있는지 일러준다. 독자는 행복한 말하기와 아름다운 소통을 체험할 것이다.

● SK텔레콤 사보 〈Inside M〉인터뷰
● MBC라디오 〈라디오 북 클럽〉 출연
● 매일 경제, 이코노믹리뷰, 경향신문 소개
● 대통령 취임 2주년 기념식 특별연설

실력을 성공으로 바꾸는 비결
리더의 존재감은 어디서 오는가

실비아 앤 휴렛 지음 | 황선영 옮김
308쪽 | 값 15,000원

이 책은 조직의 사다리를 오르는 젊은 직장인과 리더를 꿈꾸는 사람들이 시급하게 읽어야 할 필독서이다. 더이상 서류상의 자격만으로는 앞으로 다가올 큰 기회를 잡을 수 없다. 사람들에게 자신감과 신뢰성을 보여주는 능력, 즉 강력한 존재감이 필요하다. 여기에 소개되는 연구 결과는 읽을거리가 많고 생생한 이야기와 신빙성 있는 자료로 가득하다. 실비아 앤 휴렛은 이 책을 통해 존재감을 완벽하게 드러내는 비법을 전수한다.

● 이코노믹리뷰 추천도서   ● 저자 싱커스50

10대들을 위한 심리 에세이
띵똥 심리학이 보낸 톡

김가현, 신애경, 정수경, 허정현 지음
195쪽 | 값 11,000원

이 책은 수많은 사용 설명서들 가운데 하나이다. 대한민국의 학생으로 살아가는 여러분의 사용 설명서이기도 하다. 오르지 않는 성적은 우리 내면의 어떤 문제 때문인지, 어떤 버튼을 누르면 되는지, 매일매일 일어나는 일상 속에 숨겨진 버튼들을 보여 주고자 한다. 책의 마지막 장을 덮은 후에는 당신의 삶에도 버튼이 보이기 시작할 것이다.

● 저자 김가현 - 미국 스탠퍼드 대학교 입학
● 용인외고 여학생 4명이 풀어 놓는 청춘의 심리와 그 해결책!

비즈니스 성공의 불변법칙
경영의 멘탈모델을 배운다!
퍼스널 MBA

조쉬 카우프만 지음 | 이상호, 박상진 옮김
756쪽 | 값 25,000원

"MASTER THE ART OF BUSINESS"
비즈니스 스쿨에 발을 들여놓지 않고도 자신이 원하는 시간과 적은 비용으로 비즈니스 지식을 획기적으로 높이는 방법을 가르쳐 주고 있다. 실제 비즈니스의 운영, 개인의 생산성 극대화, 그리고 성과를 높이는 스킬을 배울 수 있다. 이 책을 통해 경영학을 마스터하고 상위 0.01%에 속하는 부자가 되는 길을 따라가 보자.

● 아마존 경영 & 리더십 트레이닝 분야 1위
● 미국, 일본, 중국 베스트 셀러
● 경영 명저 100권을 녹여 놓은 책

무엇이 평범한 사람을 유명하게 만드는가?
폭스팩터

앤디 하버마커 지음
곽윤정, 이현응 옮김 | 265쪽 | 값 14,000원

무의식을 조종하는 매혹의 기술
오제이 심슨, 오펜하이머, 폴 포츠, 수전 보일… 논리가 전혀 먹혀 들지 않는 이미지 전쟁의 세계. 이는 폭스팩터가 우리의 무의식을 교활하게 점령하고 있기 때문이다. 1%셀러브러티들의 전유물처럼 여겨졌던 행동 설계의 비밀을 일반인들도 누구나 배울 수 있다. 전 세계 스피치 전문가를 매료시킨 강력한 커뮤니케이션기법소통으로 고민하는 모든 사람들에게 강력 추천한다.

● 폭스팩터는 자신을 드러내기 위해 반드시 필요한 무기
● 조직의 리더나 대중에게 어필하고자 하는 사람을 위한 필독서

새로운 리더십을 위한 지혜의 심리학

이끌지 말고 따르게 하라

김경일 지음 | 328쪽 | 값 15,000원

이 책은 '훌륭한 리더', '존경받는 리더', '사랑받는 리더'가 되고 싶어 하는 모든 사람들을 위한 책이다. 요즘 사회에서는 존경보다 질책을 더 많이 받는 리더들의 모습을 쉽게 볼 수 있다. 저자는 리더십의 원형이 되는 인지심리학을 바탕으로 바람직한 리더의 모습을 하나씩 밝혀준다. 현재 리더의 위치에 있는 사람뿐만 아니라, 앞으로 리더가 되기 위해 노력하고 있는 사람이라면 인지심리학의 새로운 접근에 공감하게 될 것이다. 존경받는 리더로서 조직을 성공시키고, 나아가 자신의 삶에서도 승리하기를 원하는 사람들에게 필독을 권한다.

● OtvN 〈어쩌다 어른〉 특강 출연
● 예스24 리더십 분야 베스트셀러
● 국립중앙도서관 사서 추천 도서

30초 만에 상대의 마음을 사로잡는

스피치 에센스

제러미 도노반, 라이언 에이버리 지음
박상진 옮김 | 348쪽 | 값 15,000원

타인들을 대상으로 하는 연설의 가치는 개별 청자들의 지식, 행동 그리고 감정에 끼치는 영향력에 달려있다. 토스마스터즈 클럽은 이를 연설의 '일반적 목적'이라 칭하며 연설이라면 다음의 목적들 중 하나를 달성해야 한다고 규정하고 있다. 지식을 전달하고, 청자를 즐겁게 하는 것은 물론 나아가 영감을 불어넣을 수 있어야 한다. 이 책은 토스마스터즈인 제러미 도노반과 대중연설 챔피언인 라이언 에이버리가 강력한 대중연설의 비밀에 대해서 말해준다.

경쟁을 초월하여 영원한 승자로 가는 지름길

탁월한 전략이 미래를 창조한다

리치 호워드 지음 | 박상진 옮김 | 값 17,000원

이 책은 혁신과 영감을 통해 자신들의 경험과 지식을 탁월한 전략으로 바꾸려는 리더들에게 실질적인 프레임워크를 제공해준다. 저자는 탁월한 전략을 위해서는 새로운 통찰을 결합하고 독자적인 경쟁 전략을 세우고 헌신을 이끌어내는 것이 중요하다고 강조한다. 나아가 연구 내용과 실제 사례, 사고 모델, 핵심 개념에 대한 명쾌한 설명을 통해 탁월한 전략가가 되는 데 필요한 핵심 스킬을 만드는 과정을 제시해준다.

● 조선비즈, 매경이코노미 추천도서
● 저자 전략분야 뉴욕타임스 베스트셀러

세계 초일류 기업이 벤치마킹한
성공전략 5단계

승리의 경영전략

AG 래플리, 로저마틴 지음
김주권, 박광태, 박상진 옮김
352쪽 | 값 18,500원

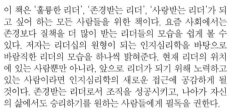

이 책은 전략의 이론만을 장황하게 나열하지 않는다. 매일 치열한 생존경쟁이 벌어지고 있는 경영 현장에서 고객과 경쟁자를 분석하여 전략을 입안하고 실행을 주도하였던 저자들의 실제 경험과 전략 대가들의 이론이 책 속에서 생생하게 살아 움직이고 있다. 혁신의 아이콘인 A.G 래플리는 P&G의 최고책임자로 다시 돌아왔다. 그는 이 책에서 P&G가 실행하고 승리했던 시장지배의 전략을 구체적으로 보여 줄 것이다. 생활용품 전문기업인 P&G는 지난 176년간 끊임없이 혁신을 해왔다. 보통 혁신이라고 하면 전화기, TV, 컴퓨터 등 우리 생활에 커다란 변화를 가져오는 기술이나 발명품 등을 떠올리곤 하지만, 소소한 일상을 편리하게 만드는 것 역시 중요한 혁신 중에 하나라고 할 수 있다. 그리고 그러한 혁신은 체계적인 전략의 틀 안에서 지속적으로 이루어질 수 있다. 월 스트리트 저널, 워싱턴 포스트의 베스트셀러인 〈Plating to Win: 승리의 경영전략〉은 전략적 사고와 그 실천의 핵심을 담고 있다. 래플리는 10년간 CEO로서 전략 컨설턴트인 로저마틴과 함께 P&G를 매출 2배, 이익은 4배, 시장가치는 100조 이상으로 성장시켰다. 이 책은 크고 작은 모든 조직의 리더들에게 대담한 전략적 목표를 일상 속에서 실행하는 방법을 보여주고 있다. 그것은 바로 사업의 성공을 좌우하는 명확하고, 핵심적인 질문인 '어디에서 사업을 해야 하고', '어떻게 승리할 것인가'에 대한 해답을 찾는 것이다.

● 경영대가 50인(Thinkers 50)이 선정한 2014 최고의 책
● 탁월한 경영자와 최고의 경영 사상가의 역작
● 월스트리스 저널 베스트 셀러

진정한 부와 성공을 끌어당기는 단 하나의 마법

생각의 시크릿

밥 프록터, 그레그 레이드 지음
박상진 옮김 | 268쪽 | 값 13,800원

성공한 사람들은 그렇지 못한 사람들과 다른 생각을 갖고 있는 것인가? 지난 100년의 역사에서 수많은 사람을 성공으로 이끈 성공 철학의 정수를 밝힌다. 〈생각의 시크릿〉은 지금까지 부자의 개념을 오늘에 맞게 더 구체화시켰다. 지금도 변하지 않는 법칙을 따라만 하면 누구든지 성공의 비밀에 다가갈 수 있다. 이 책은 각 분야에서 성공한 기업가들이 지난 100년간의 성공 철학을 어떻게 이해하고 따라 했는지 살펴보면서, 그들의 성공 스토리를 생생하게 전달하고 있다.

● 2016년 자기계발분야 화제의 도서
● 매경이코노미, 이코노믹리뷰 소개

성과기반의 채용과 구직을 위한 가이드

100% 성공하는
채용과 면접의 기술

루 아들러 지음 | 352쪽 | 이병철 옮김 | 값 16,000원

기업에서 좋은 인재란 어떤 사람인가? 많은 인사담당자는 스펙만 보고 채용하다가는 낭패당하기 쉽다고 말한다. 최근 전문가들은 성과기반채용 방식에서 그 해답을 찾는다. 이는 개인의 역량을 기초로 직무에서 성과를 낼 수 있는 요인을 확인하고 검정하는 면접이다. 이 책은 세계의 수많은 일류 기업에서 시도하고 있는 성과기반채용에 대한 개념, 프로세스, 그리고 실행방법을 다양한 사례로 설명하고 있다.

● 2016년 경제경영분야 화제의 도서

세계 최초 뇌과학으로 밝혀낸 반려견의 생각

반려견은 인간을
정말 사랑할까?

그레고리 번즈 지음 | 316쪽 | 김신아 옮김 | 값 15,000원

과학으로 밝혀진 반려견의 신비한 사실

순종적이고, 충성스럽고, 애정이 넘치는 반려견들은 우리에게 있어서 최고의 친구이다. 그럼 과연 반려견들은 우리가 사랑하는 방법처럼 인간을 사랑할까? 수십 년 동안 인간의 뇌에 대해서 연구를 해 온 에모리 대학교의 신경 과학자인 조지 번즈가 반려견들이 우리를 얼마나, 어떻게 사랑하는지에 대한 비밀을 과학적인 방법으로 들려준다. 반려견들이 무슨 생각을 하는지 알아보기 위해 기능적 뇌 영상을 촬영하겠다는 저자의 프로젝트는 놀라움을 넘어 충격에 가깝다.

세계를 무대로 미래의 비즈니스를 펼쳐라

21세기 글로벌 인재의 조건

시오노 마코토 지음 | 김성수 옮김
244쪽 | 값 15,000원

세계 최고의 인재는 무엇이 다른가? 이 책은 21세기 글로벌 시대에 통용될 수 있는 비즈니스와 관련된 지식, 기술, 그리고 에티켓 등을 자세하게 설명한다. 이 뿐만 아니라, 재무, 회계, 제휴 등의 업무에 바로 활용 가능한 실무적인 내용까지 다루고 있다. 이 모든 것들이 미래의 주인공을 꿈꾸는 젊은이들에게 글로벌 인재가 되기 위한 발판을 마련해주는데 큰 도움이 될 것이다. 저자의 화려한 국제 비즈니스 경험과 감각을 바탕으로 비즈니스에 임하는 자세와 기본기. 그리고 실천 전략에 대해서 알려준다.

MIT 출신 엔지니어가 개발한
창조적 세일즈 프로세스

세일즈 성장 무한대의 공식

마크 로버지 지음 | 정지현 옮김 | 272쪽 | 값 15,000원

세일즈를 과학이 아닌 예술로 생각한 스타트업 기업들은 좋은 아이디어가 있음에도 불구하고 성공을 이루지 못한다. 기업이 막대한 매출을 올리기 위해서는 세일즈 팀이 필요하다. 지금까지는 그 목표를 달성하게 해주는 예측 가능한 공식이 없었다. 이 책은 세일즈를 막연한 예술에서 과학으로 바꿔주는 검증된 공식을 소개한다. 단 3명의 직원으로 시작한 스타트업이 1천억 원의 매출을 달성하기까지의 여정을 통해 모든 프로세스에서 예측과 계획, 그리고 측정이 가능하다는 사실을 알려준다.

● 아마존 세일즈분야 베스트셀러

하버드 경영대학원 마이클 포터의 성공전략 지침서

당신의 경쟁전략은
무엇인가?

조안 마그레타 지음 | 368쪽
김언수, 김주권, 박상진 옮김 | 값 22,000원

이 책은 방대하고 주요한 마이클 포터의 이론과 생각을 한 권으로 정리했다. 〈하버드 비즈니스리뷰〉 편집장 출신인 조안 마그레타(Joan Magretta)는 마이클 포터와의 협력으로 포터 교수의 아이디어를 업데이트하고, 이론을 증명하기 위해 생생하고 명확한 사례들을 알기 쉽게 설명한다. 전략경영과 경쟁전략의 핵심을 단기간에 마스터하기 위한 사람들의 필독서다.

● 전략의 대가, 마이클 포터 이론의 결정판
● 아마존 전략 분야 베스트 셀러
● 일반인과 대학생을 위한 전략경영 필독서

대담한 혁신상품은 어떻게 만들어지는가?

신제품 개발 바이블

로버트 쿠퍼 지음 | 류강석, 박상진, 신동영 옮김
648쪽 | 값 28,000원

오늘날 비즈니스 환경에서 진정한 혁신과 신제품개발은 중요한 도전과제이다. 하지만 대부분의 기업들에게 야심적인 혁신은 보이지 않는다. 이 책의 저자는 제품혁신의 핵심성공요인이자 세계최고의 제품개발프로세스인 스테이지-게이트(Stage-Gate)에 대해 강조한다. 아울러 올바른 프로젝트 선택 방법과 스테이지-게이트 프로세스를 활용한 신제품개발 성공 방법에 대해서도 밝히고 있다. 신제품은 기업번영의 핵심이다. 이러한 방법을 배우고 기업의 실적과 시장 점유율을 높이는 대담한 혁신을 성취하는 것은 담당자, 관리자, 경영자의 마지노선이다.

인생의 고수가 되기 위한 진짜 공부의 힘

김병완의 공부혁명

김병완 지음 | 236쪽 | 값 13,800원

공부는 20대에게 세상을 살아갈 수 있는 힘과 자신감 그리고 내공을 길러준다. 그래서 20대 때 공부에 미쳐 본 경험이 있는 사람과 그렇지 못 한 사람은 알게 모르게 평생 큰 차이가 난다. 진짜 청춘은 공부하는 청춘이다. 공부를 하지 않고 어떻게 100세 시대를 살아가고자 하는가? 공부는 인생의 예의이자 특권이다. 20대 공부는 자신의 내면을 발견할 수 있게 해주고, 그로 인해 진짜 인생을 살아갈 수 있게 해준다. 이 책에서 말하는 20대 청춘이란 생물학적인 나이만을 의미하지 않는다. 60대라도 진짜 공부를 하고 있다면 여전히 20대 청춘이고 이들에게는 미래에 대한 확신과 풍요의 정신이 넘칠 것이다.

언제까지 질병으로 고통받을 것인가?

난치병 치유의 길

앤서니 윌리엄 지음 | 박용준 옮김
468쪽 | 값 22,000원

이 책은 현대의학으로는 치료가 불가능한 질병으로 고통 받는 수많은 사람들에게 새로운 치료법을 소개한다. 저자는 사람들이 무엇으로 고통 받고, 어떻게 그들의 건강을 관리할 수 있는지에 대한 영성의 목소리를 들었다. 현대의학으로는 설명할 수 없는 질병이나 몸의 비정상적 상태의 근본 원인을 밝혀주고 있다. 당신이 원인불명의 증상으로 고생하고있다면 이 책은 필요한 해답을 제공해 줄 것이다.

● 아마존 건강분야 베스트셀러 1위

"비즈니스의 성공을 위해 꼭 알아야하는 경영의 핵심지식"

퍼스널 MBA

조쉬 카우프만 지음
이상호, 박상진 옮김
756쪽 | 값 25,000원

지속가능한 성공적인 사업은 경영의 어느 한 부분의 탁월성만으로는 불충분하다. 이는 가치창조, 마케팅, 영업, 유통, 재무회계, 인간의 이해, 인적자원 관리, 전략을 포함한 경영관리 시스템 등 모든 부분의 지식과 경험 그리고 통찰력이 갖추어 질 때 가능한 일이다. 그렇다고 그 방대한 경영학을 모두 섭렵할 필요는 없다고 이 책의 저자는 강조한다. 단지 각각의 경영원리를 구성하고 있는 멘탈모델(Mental Model)을 제대로 익힘으로써 가능하다.

세계 최고의 부자인 빌게이츠, 워런버핏과 그의 동업자 찰리 멍거(Charles T. Munger)를 비롯한 많은 기업가들이 이 멘탈모델을 통해서 비즈니스를 시작하고, 또 큰 성공을 거두었다. 이 책에서 제시하는 경영의 핵심개념 248가지를 통해 독자들은 경영의 멘탈모델을 습득하게 된다. 필자는 지난 5년간 수천 권이 넘는 경영 서적을 읽었다. 수백 명의 경영 전문가를 인터뷰하고, 포춘지 선정 세계 500대 기업에서 일을 했으며, 사업도 시작했다. 그 과정에서 배우고 경험한 지식들을 모으고, 정제하고, 잘 다듬어서 몇 가지 개념으로 정리하게 되었다. 이들 경영의 기본 원리를 이해한다면, 현명한 의사결정을 내리는 데 유익하고 신뢰할 수 있는 도구를 얻게 된다. 이러한 개념들의 학습에 시간과 노력을 투자해 마침내 그 지식을 활용할 수 있게 된다면, 독자는 어렵지 않게 전 세계 인구의 상위 1% 안에 드는 탁월한 사람이 된다. 이 책의 주요내용은 다음과 같다.

● 실제로 사업을 운영하는 방법
● 효과적으로 창업하는 방법
● 기존에 하고 있던 사업을 더 잘 되게 하는 방법
● 경영 기술을 활용해 개인적 목표를 달성하는 방법
● 조직을 체계적으로 관리하여 성과를 내는 방법

질병의 근본 원인을 밝히고 남다른 예방법을 제시한다

의사들의 120세
건강 비결은 따로 있다

마이클 그레거 지음 | 홍영준, 강태진 옮김
❶ 질병원인 치유편 값 22,000원 | 564쪽
❷ 질병예방 음식편 값 15,000원 | 340쪽

미국 최고의 영양 관련 웹사이트인 http://NutritionFacts.org를 운영 중인 세계적인 영양전문가이자 내과의사가 과학적인 증거로 치명적인 질병으로 사망하는 원인을 규명하고 병을 예방하고 치유하는 식습관에 대해 집대성한 책이다. 저자는 영양과 생활방식의 조정이 처방약, 항암제, 수술보다 더 효과적일 수 있다고 강조한다. 우수한 건강서로서 모든 가정의 구성원들이 함께 읽고 실천하면 좋은 '가정건강지킴이'로서 손색이 없다.

● 아마존 식품건강분야 1위   ● 출간 전 8개국 판권 계약

기초가 탄탄한 글의 힘

실용 글쓰기 정석

황성근 지음 | 값 13,500원

글쓰기는 인간의 기본 능력이자 자신의 능력을 발휘하는 핵심적인 도구이다. 글은 이론만으로 잘 쓸 수 없다. 좋은 글을 많이 읽고 체계적인 연습이 필요하다. 이 책에서는 기본 원리와 구성, 나아가 활용 수준까지 글쓰기의 모든 것을 다루고 있다. 이 책은 지금까지 자주 언급되고 무조건적으로 수용되던 기존 글쓰기의 이론들을 아예 무시했다. 실제 글쓰기를 할 때 반드시 필요하고 알아두어야 하는 내용들만 담았다. 책의 내용도 외울 필요가 없고 소설 읽듯 하면 바로 이해되고 그 과정에서 원리를 터득할 수 있도록 심혈을 기울인 책이다. 글쓰기에 대한 깊은 고민에 빠진 채 그 방법을 찾지 못해 방황하고 있는 사람들에게 필독하길 권한다.

새로나올책

서울대학교 말하기 강의 (가제)

김종영 지음 | 값 15,000원

이 책은 공론 장에서 타인과 나의 의견이 다름을 인정하고, 그 차이점을 조율해 최종적으로 합리적인 의사 결정을 도출하는 능력을 강조한다. 특히 자신의 말하기 태도와 습관에 대한 성찰을 통해, 자신에게 가장 적합한 말하기의 특성을 찾을 수 있다. 독자들은 창의적이고 구체적인 이야기 구성능력을 키우고, 논리적이고 설득적인 말하기 능력을 훈련할 뿐만 아니라, 말의 주체로서 자신이 한 말에 책임을 지는 윤리성까지 인식하는 과정을 배울 수 있다. 논술을 준비하는 학생을 포함한 교사와 학부모 그리고 말하기에 관심 있는 일반 독자들에게 필독을 권한다.

진성 FOCUS 4

하버드 경영대학원 마이클 포터의 성공전략 지침서

당신의 경쟁전략은
무엇인가?

조안 마그레타 지음
김언수, 김주권, 박상진 옮김
368쪽 | 값 22,000원

마이클 포터(Michael E. Porter)는 전략경영 분야의 세계 최고 권위자다. 개별 기업, 산업구조, 국가를 아우르는 연구를 전개해 지금까지 17권의 저서와 125편 이상의 논문을 발표했다. 저서 중 『경쟁전략(Competitive Strategy)』(1980), 『경쟁우위(Competitive Advantage)』(1985), 『국가 경쟁우위(The Competitive Advantage of Nations)』(1990) 3부작은 '경영전략의 바이블이자 마스터피스'로 공인받고 있다. 경쟁우위, 산업구조 분석, 5가지 경쟁요인, 본원적 전략, 차별화, 전략적 포지셔닝, 가치사슬, 국가경쟁력 등의 화두는 전략 분야를 넘어 경영학 전반에 새로운 지평을 열었고, 사실상 세계 모든 경영 대학원에서 핵심적인 교과목으로 다루고 있다. 이 책은 방대하고 주요한 마이클 포터의 이론과 생각을 한 권으로 정리했다. 〈하버드 비즈니스리뷰〉 편집장 출신인 저자는 폭넓은 경험을 바탕으로 포터 교수의 강력한 통찰력을 경영일선에 효과적으로 적용할 수 있도록 설명한다. 즉, "경쟁은 최고가 아닌 유일무이한 존재가 되고자 하는 것이고, 경쟁자들 간의 싸움이 아니라, 자사의 장기적 투하자본이익률(ROIC)를 높이는 것이다." 등 일반인들이 잘못 이해하고 있는 포터의 이론들을 명백히 한다." 전략경영과 경쟁전략의 핵심을 단기간에 마스터하여 전략의 전문가로 발돋음 하고자 하는 대학생은 물론 전략에 관심이 있는 MBA과정의 학생을 위한 필독서이다. 나아가 미래의 사업을 주도하여 지속적 성공을 꿈꾸는 기업의 관리자에게는 승리에 대한 영감을 제공해 줄 것이다.

● 전략의 대가, 마이클 포터 이론의 결정판
● 아마존 전략 분야 베스트 셀러
● 일반인과 대학생을 위한 전략경영 필독서

인류문명 발전의 문화사
부국의 조건

김태유, 박상진 지음

이 책은 국가를 포함한 인류문명과 사회의 발전을 이론적으로 규명하고 이에 대한 역사적 실증사례를 보여준다. 농업사회에서부터 산업혁명까지 성공한 국가와 실패한 국가의 차이가 무엇인지 그 속에서 교훈을 얻고 앞으로 다가올 4차산업혁명 시대에 진정한 부국으로 거듭나기 위해서 우리가 가야할 방향에 대해 일러준다. 영국은 어떻게 산업혁명을 일으켜 최고의 나라가 되었는가? 미국이 초강대국이 될 수 있었던 이유는 무엇일까? 대한민국이 과도기를 넘어 선진국 반열에 진입하기 위한 해결책이 이 안에 들어있다. 그야말로 역사, 국가, 경제, 인류를 아우르는 부의 원리와 국가발전의 서사시다.

타인의 동의를 얻고 팀워크를 발휘하는 힘
협업 지능

도나 마르코바, 앤지 맥아서 지음

다양하고 빠르게 변해가는 이 세상에서 살아가려면 IQ와 EQ가 필요하다. 하지만 이제 그것만으로는 충분하지 않다. 집단이나 네트워크의 힘을 다스려 목적을 달성할 수 있는 능력에 대한 기대가 점점 더 커지고 있기 때문이다. 따라서 협업지능(CQ)의 필요성이 더 중요해지고 있다. 협업지능이란 문제를 해결하기 위해 동료들과 함께 생각할 수 있는 능력을 말한다. CQ는 생각과 상호작용으로 혁신의 방식이 바뀌고 있는 가운데 새롭게 부상하고 있다. 협업능력이야말로 우리 주위에 벌어지는 문제들을 해결하기 위해 없어서는 안 될 능력이다.

사람과 사람 사이 (가제)

김경일 지음

사람과 사람사이를 관계라고 한다. 우리는 가족, 친구, 회사, SNS 등에서 여러 사람들과 관계를 맺는다. 이러한 관계를 통해 만남도 하고, 대화도 하고, 갈등도 하고, 질투도 하고, 실망도 한다. 관계는 좋을 때도, 나쁠 때도 있다. 항상 좋을 수만은 없는 것이 관계다. 왜일까? 바로 바꿀 수 없는 사람의 기질 때문이다. 사람의 성격은 절대 바꿀 수 없다. 그러나 사람의 마음은 충분히 바꿀 수 있다. 이 책은 바로 사람의 마음을 움직여야 하는 리더가 조직과 폴로어에게 올바른 리더십을 발휘하기 위한 방법을 담고 있다.

" 질병의 근본 원인을 밝히고
남다른 예방법을 제시한다"

의사들의 120세 건강 비결은 따로 있다

마이클 그레거 지음
홍영준, 강태진 옮김

❶ 질병원인 치유편 값 22,000원 | 564쪽
❷ 질병예방 음식편 값 15,000원 | 340쪽

우리가 미처 몰랐던 질병의 원인과 해법
질병의 근본 원인을 밝히고 남다른 예방법을 제시한다.

건강을 잃으면 모든 것을 잃는다. 의료 과학의 발달로 조만간 120세 시대도 멀지 않았다. 하지만 우리의 미래는 '얼마나 오래 살 것인가?' 보다는 '얼마나 건강하게 오래 살 것인가?'를 고민해야하는 시점이다. 이 책은 질병과 관련된 주요 사망 원인에 대한 과학적 인과관계를 밝히고, 생명에 치명적인 병을 예방하고 건강을 회복시킬 수 있는 방법을 명쾌하게 제시한다. 수천 편의 연구결과에서 얻은 적절한 영양학적 식이요법을 통하여 건강을 획기적으로 증진 시킬 수 있는 과학적 증거를 밝히고 있다. 15가지 주요 조기 사망 원인들(심장병, 암, 당뇨병, 고혈압, 뇌질환 등등)은 매년 미국에서만 1백 6십만 명의 생명을 앗아간다. 이는 우리나라에서도 주요 사망원인이다. 이러한 비극의 상황에 동참할 필요는 없다. 강력한 과학적 증거가 뒷받침 된 그레거 박사의 조언으로 치명적인 질병의 원인을 정확히 파악하라. 그리고 장기간 효과적인 음식으로 위험인자를 적절히 예방하라. 그러면 비록 유전적인 단명 요인이 있다 해도 이를 극복하고 장기간 건강한 삶을 영위할 수 있다. 이제 인간의 생명은 운명이 아니라, 우리의 선택에 달려있다. 기존의 건강서와는 차원이 다른 이 책을 통해서 '더 건강하게, 더 오래 사는'무병장수의 시대를 활짝 열고, 행복한 미래의 길로 나아갈 수 있을 것이다.

● 아마존 의료건강분야 1위
● 출간 전 8개국 판권계약

기업체 교육안내 〈탁월한 전략의 개발과 실행〉

월스트리트 저널(WSJ)이 포춘 500대 기업의 인사 책임자를 조사한 바에 따르면, 관리자에게 가장 중요한 자질은 〈전략적 사고〉로 밝혀졌다. 750개의 부도기업을 조사한 결과 50%의 기업이 전략적 사고의 부재에서 실패의 원인을 찾을 수 있었다. 시간, 인력, 자본, 기술을 효과적으로 사용하고 이윤과 생산성을 최대로 올리는 방법이자 기업의 미래를 체계적으로 예측하는 수단은 바로 '전략적 사고'에서 시작된다.

전략적 사고
부서를 초월한 업무능력
성과도출 능력
전반적 리더십
핵심재무/회계의 이해

〈관리자의 필요 자질〉

새로운 시대는 새로운 전략!

- 세계적인 저성장과 치열한 경쟁은 많은 기업들을 어려운 상황으로 내몰고 있다. 산업의 구조적 변화와 급변하는 고객의 취향은 경쟁우위의 지속성을 어렵게 한다. 조직의 리더들에게 사업적 혜안(Acumen)과 지속적 혁신의지가 그 어느 때보다도 필요한 시점이다.

- 핵심 기술의 모방과 기업 가치사슬 과정의 효율성으로 달성해온 품질대비 가격경쟁력이 후발국에게 잠식당할 위기에 처해있다. 산업구조조정만으로는 불충분하다. 새로운 방향의 모색이 필요할 때이다.

- 기업의 미래는 전략이 좌우한다. 장기적인 목적을 명확히 설정하고 외부환경과 기술변화를 면밀히 분석하여 필요한 역량과 능력을 개발해야한다. 탁월한 전략의 입안과 실천으로 차별화를 통한 지속가능한 경쟁우위를 확보해야 한다. 전략적 리더십은 기업의 잠재력을 효과적으로 이끌어 낸다.

〈탁월한 전략〉 교육의 기대효과

① 통합적 전략교육을 통해서 직원들의 주인의식과 몰입의 수준을 높여 생산성의 상승을 가져올 수 있다.

② 기업의 비전과 개인의 목적을 일치시켜 열정적으로 도전하는 기업문화로 성취동기를 극대화할 수 있다.

③ 차별화로 추가적인 고객가치를 창출하여 장기적인 경쟁우위를 바탕으로 지속적 성공을 가져올 수 있다.

- 이미 발행된 관련서적을 바탕으로 〈탁월한 전략〉의 필수적인 3가지 핵심 분야 (전략적 사고, 전략의 구축과 실행, 전략적 리더십)를 통합적으로 마스터하는 프로그램이다.

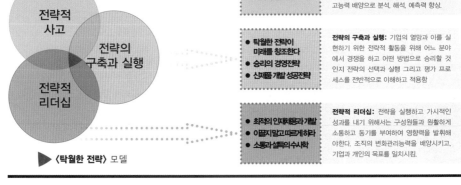

전략적 사고 / 전략의 구축과 실행 / 전략적 리더십

● 스마트 싱킹
● 퍼스널 MBA
● 지혜의 심리학

전략적사고: 지속가능한 성공을 위해 기업의 성과에 영향을 주는 새로운 사업적 기회를 인식하고 성과와 직접 연결된 가치사슬을 종합적으로 파악하여 문제의 해결책을 찾는 사고능력 배양으로 분석, 해석, 예측력 향상.

● 탁월한 전략이 미래를 창조한다
● 승리의 경영전략
● 신제품 개발 성공전략

전략의 구축과 실행: 기업의 열망과 이를 실현하기 위한 전략적 활동을 위해 어느 분야에서 경쟁을 하고 어떤 방법으로 승리할 것인지 전략의 선택과 실행 그리고 평가 프로세스를 전반적으로 이해하고 적용함

● 최적의 인재채용과 개발
● 이끌지말고따르게하라
● 소통과설득의수사학

전략적 리더십: 전략을 실행하고 가시적인 성과를 내기 위해서는 구성원들과 원활하게 소통하고 동기를 부여하여 영향력을 발휘해야 한다. 조직의 변화관리능력을 배양시키고, 기업과 개인의 목표를 일치시킴.

▶ 〈탁월한 전략〉 모델

특강 및 교육 신청 및 문의: 진성북스, 02-3452-7762

창의성의 비밀을 밝힌다!
'스마트 싱킹' 세미나

인지심리학자와 〈스마트 싱킹〉의 역자가 함께하는
'스마트 싱커' 되기 특별 노하우

"성공을 무조건 좇지 말고, 먼저 스마트해져라!"

스마트 싱킹의 가치는 명백하다. 사물의 원리와 일의 원인을 생각하고, 의사소통하고, 의사결정을 내리고, 행동하는 모든 과정을 통해 얻어지는 멘탈모델(Mental Model)의 밑바탕에는 언제나 스마트 싱킹이 존재한다. 따라서 스마트 싱킹은 자신이 필요한 것을 더 수월하고, 신속하게 얻기 위한 지름길이다.

세미나 내용

- 스마트 싱킹이란 무엇인가?
- 스마트 싱킹의 법칙
- 스마트한 습관 만들기와 행동 변화
- 3의 원리가 가진 비밀과 원리 실행하기
- 고품질 지식의 획득과 문제 해결 능력
- 비교하기와 지식 적용하기
- 효과적으로 기억하고 기억해내기
- 조직을 살리는 스마트 싱킹

진성북스 회원으로
여러분을 초대합니다!

진성북스 공식카페
http://cafe.naver.com/jinsungbooks

혜택 1

» 회원 가입 시 진성북스 도서 1종을 선물로 드립니다.

혜택 2

» 진성북스에서 개최하는 강연회에 가장 먼저
초대 드립니다.

혜택 3

» 진성북스 신간도서를 가장 빠르게 받아 보실 수
있는 서평단의 기회를 드립니다.

혜택 4

» 정기적으로 다양하고 풍부한 이벤트에
참여하실 수 있는 기회를 드립니다.

- 홈페이지 : www.jinsungbooks.com
- 블 로 그 : blog.naver.com/jinsungbooks
- 페이스북 : www.facebook.com/jinsungbooks

– 문   의 : 02)3452-7762

진성북스
JINSUNGBOOKS